KB003323

어머니가 트시다

큰누나 외 9명의 가족들이
휴대폰 문자로 주고받은 이야기

어머니가 트시다

ⓒ나병승 2017

1판3쇄 2018년 4월 23일

지 은 이 나병승
펴 낸 이 강민철
펴 낸 곳 ㈜컬처플러스
기   획 강민철
편   집 고혜란
일러스트 이유경, 나명진
디 자 인 이유경
홍   보 음소형
출판등록 2003년 7월 12일 제2-3811호
ISBN 979-11-85848-05-1 (03810)

주   소 04557 서울시 중구 퇴계로 39길 7, 5층(필동2가, 윤미빌딩)
전화번호 02-2272-5835
전자메일 cultureplus@hanmail.net
홈페이지 http://www.cultureplus.com

「이 도서의 국립중앙도서관 출판예정도서목록(CIP)은 서지정보유통지원시스템
홈페이지(http://seoji.nl.go.kr)와 국가자료공동목록시스템(http://www.nl.go.kr/
kolisnet)에서 이용하실 수 있습니다.(CIP제어번호: CIP2017014294)」

* 이 책 내용의 일부 또는 전부를 사용하려면 반드시 저자와 (주)컬처플러스의
  동의를 얻어야 합니다.
* 잘못 만든 책은 구입하신 서점에서 바꾸어 드립니다.

값 16,000원

어머니가 트시다

큰누나 외 9명의 가족들이
휴대폰 문자로 주고받은 이야기

나병승 지음

컬처플러스

일러두기

어머니의 현재 상태를 두고 사람들은 '치매에 걸렸다'라고 말하지만 저자는 '트
셨다'라는 용어를 일부러 만들어 사용하고 있다. 일반적으로 사용되는 '치매에
걸렸다'라는 표현을 받아들이지 않고 새로운 용어를 만든 이유는 아직 정신이
멀쩡할 때가 대부분이고 어쩌다가 혼돈이나 망각 상태가 일어날 뿐인데 무슨 큰
병이라도 걸린 것처럼 치매에 걸렸다고 단정지어버리는 것은 이제까지 자식들
을 제 몸보다 더 아끼며 키워내느라 고생하신 어머니에 대한 자식된 도리가 아
니라는 생각에서다. 뿐만 아니라 이처럼 치매 초기 상태에서는 정상인들과 별
다른 차이 없이 사고와 대화를 할 수 있는데도 불구하고 인간의 정신에 대해 치
매라는 사형선고를 내리는 것은 한 개인에 대한 인격 존중이 아니라는 판단에서
다. 저자는 일반인들이 치매 징조가 일어난 때부터 치매가 본격화되기 전까지의
상태를 '트시다'라고 명명했다. 즉, '치매에 걸렸다'가 아닌 '트셨다'라는 개념을
갖고 부모님과 어르신들을 바라보면 자칫 치매라는 판단으로 인해 잃어버릴 수
있는 대화의 시간을 고스란히 되찾을 수 있게 되는 것이다.

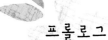

프롤로그

어머니가 핸드폰을 사용한 뒤로 통화하기가 매우 쉬워졌다. 오랜 세월 습관처럼 이삼일에 한 번씩 전화를 드렸다. 간혹 통화가 길게 늘어질 때도 있었지만 십중팔구는 으레 묻는 안부전화였기 때문에 1분이 조금 안 되거나 조금 넘길 정도였다.

"잘 계셔요?"

"오냐, 잘 있다, 내 새끼. 오늘도 보람의 하루, 즐거움의 하루, 감사의 하루가 되시소"

통화 내용은 천편일률적이었다. 늘 똑같은 물음과 똑같은 대답이 반복되어 단순하기 짝이 없었다. 하지만 지금 생각해 보니 그래도 그때가 좋았음을 알게 되었다.

아버지가 돌아가시고 홀로 된 어머니가 86세가 되던 해 큰형이 어머니를 모시기 시작했다. 큰형은 자식 도리를 다하려했다. 헌데, 어머니는 생각이 좀 다르신 듯 했다.

자식 집에 얹혀 있기에는 때가 좀 이르다고 생각해서인지 아직은 당신이 주도할 수 있는 자신의 세계로 더 돌아가고 싶어 하셨다. 그 세계의 중심엔 시골집이 있었다.

시골집은 특별날 것 하나 없지만 그렇다고 단조롭지만은 않았다. 인근 교회를 오가며 목사님 설교 말씀을 듣고 형제자매들을 만날 땐 이월 초하루 가마솥에서 톡톡 튀어 오르는 콩처럼 활력소를 느끼셨던 것 같다. 눈에 익고 발에 익은 마을에서 오랫동안 지내온 지인들과의 소박한 인간관계를 일상생활처럼 그대로 지속하기를 더 원하셨던 것 같다. 그리고 무엇보다도 시골 도우미 아줌마와의 끈끈한 관계를 잊지 못해 큰형 집에 있으면서도 몹시도 그리워 하셨다. 어머니는 결국 시골집으로 돌아가시고 말았다.

하지만 바라시던 대로 시골집으로 돌아온 어머니는 전만 같지 않았다. 언제부터인가 외숙모님께서 조심스레 돌리고 돌려서 언질을 주셨다. 어머니의 언행이 예전 같지 않으시고, 도우미 아줌마가 아무리 잘 챙겨주신다 하나 자식만 하겠느냐는 말씀이셨다.

결국 어머님의 개인적 바람도 고려해서 시골집에서 가장 가까운 작은형 댁에 모시기로 했다. 작은형 댁으로 거처를 옮긴 어머니는 얼마동안 그런대로 편히 생활하고 계시나 싶었다. 그러시더니만 이내 시골집에 대한 관리 욕구를 불쑥불쑥 드러내시곤 했다. 어머니 마음은 시골집 주인이라야 성에 차셨던 모양이다.

시골 교회와의 단절도 중요한 문제였고, 몇 그루 안 되지만 당신의 손길이 필요하다고 생각되는 과수원이 어머니의 마음을 시시때때로 시골집으로 이끌었던 모양이다.

당신의 뜻을 오롯이 담을 수 없는 자식 집에서의 생활이 사소한 갈등을 일으키고, 그 갈등이 어머님의 마음속에 조금씩 쌓여갈수록 시골집에 돌아가고 싶은 마음은 더 간절해져만 갔다.

하지만 어머니의 마음이 그렇다고 하더라도 혼자 시골집에 계시도록 할 수는 없는 노릇이었다. 이러지도 못하고 저러지도 못하는 상황이었다. 정말로 어느 한 쪽을 딱 결정하지 못하는 어머니와 우리 형제들에게 난감함이 시간이 지나면 지날수록 커다란 벽처럼 조여왔다.

그러던 중 시골에서 멀리 떨어지지 않는 곳에 있는 요양원을 알게 되었다. 얼마 뒤 그곳으로 어머니를 모셨다. 이 과정에서 우여곡절 또한 많았는데 휴대폰으로 자주 연락하는 습관 때문이었는지 나는 언제부터인가 형제들에게 어머님 소식통이 되어 있었다. 형, 누나들도 환갑이 넘거나 일흔을 바라보는 분들이라 아무래도 기동력이 떨어지시기 때문에, 대신 챙겨드리는 마음으로 막내인 내가 연락병 노릇을 자청한 셈이다.

처음엔 한 분 한 분께 따로 소식을 전하다가 어머니의 상황이 심상치 않을 때가 빈번해지다보니 좀 더 편리하게 단체 문자를 통해서 소식을 전하기 시작하였다.

그러던 어느 날 형수님과 누나들이 쌓인 문자들을 보고는 한 권의 책으로 엮어볼 것을 권유하셨다. 처음엔 황당하게 들렸지만 그것을 계기로 지난날 우리가 주고받았던 문자들을 읽어보기 시작했다.

내용은 특별할 것 없이 빈약했지만 지나간 일들이 새록새록 떠올랐다. 그래도 책을 낸다는 것을 영 쑥스러워 하니, 가족 모두가 자신을 가지라며 용기를 주었다.

하지만 모세처럼 120세까지 꼭 채우겠다고 다짐하시는 어머니의 이야기를 지금 글로 엮어버리면, 사후 회고문처럼 느껴져 나중에 영 마뜩치 않을 수도 있겠다 싶었다. 이 때문에 책을 낸다는 것을 차일피일 미루는 사이 서서히 생각이 바뀌기 시작했다. 서로 공유했던 많은 날들의 이야기를 어머니에게 읽을거리로 만들어드리면 좋겠다는 생각이 점점 커져갔다.

'그래 시작해보자!

우리들의 이야긴데 글 솜씨가 좀 빠지면 어떠랴.

짠하고, 안타깝고, 애타고, 때로는 뭉클했던 우리들의 지난날을 책으로 엮어 어머님께 드리자. 어머님께서는 자식의 부족함도 채워가시며, 자식들과의 이야기를 즐거운 마음으로 읽으시리라'

이렇게 해서 책 전반부는 우리 일곱 형제자매들과 며느리 셋 등 열 명이 공유한 메시지들을, 후반부는 우리 아이들의 앨범 속에 사진과 함께 끼워 놓았던 수십 개의 쪽지와 편지 중에서 몇 개를 골라서 엮어 보았다.

표현 내용은 형, 누나들께 수시로 전했던 문자들을 그대로 옮기는 것을 원칙으로 하고, 필요한 경우에만 약간 수정했다. 성경을 읽으시는 것과 함께, 당신 자식들의 이야기를 틈틈이 즐겨 읽으실 어머님의 모습을 상상하며 쑥스러움을 딛고 용기를 내어 본다.

또, 우리와 비슷한 상황으로 고민하고 애태우시는 분들께 조금이나마 동병상련의 마음으로 위로가 되었으면 하는 바람으로 이 글을 써 보았으니, 부족한 글이나마 어머님처럼 너그러이 이해하며 읽어 주시기를 바란다.

이 책을 쓰며 생각나는 사람들이 많다. 평생 우리 형제자매들에게 큰 나무가 되어준 어머니와 형제자매, 형수들에게 건강과 행복을 빌며 옆에서 뒷바라지 해준 아내와 딸 명진이, 아들 용준이에게도 고마움을 전한다.

아울러 우리들의 이야기에 귀기울여주고 정성스레 책으로 만들어준 ㈜컬처플러스 강민철 대표와 고혜란 이사, 그리고 이유경 디자이너, 음소형 주임께 심심한 감사의 말을 전한다.

2017년 초여름 김천에서
평산(平山) **나병승** 씀

어머니와 휴대폰으로 자주 연락하는 습관 때문이었
는지 나는 언제부터인가 형제들에게 어머님 소식통이
되어 있었다. 형, 누나들도 환갑이 넘거나 일흔을 바
라보는 분들이라 아무래도 기동력이 떨어지시기 때
문에, 대신 챙겨드리는 마음으로 막내인 내가 연락
병 노릇을 자청한 셈이다. 처음
엔 한 분 한 분께 따로 소식
을 전하다가 어머니의 상황
이 심상치 않을 때가 빈번
해지다보니 좀 더 편리하
게 단체 문자를 통해서 소
식을 전하기 시작하였다.

이천십오년

오월 ~ 십이월

2015년 5월 7일 목요일

내일이 어버이날이라 큰누나와 옥희 누나랑 철호 형 집에 갔습니다. 도착하니 어머니가 저를 막 보듬고 좋아라고 하시네요.

우리를 기다리는 동안 눈이 빠질 뻔 하셨대요.

그동안 어머니와 함께 생활해 온 철호 형네의 고단함도 애써 외면하며 어머니를 보는 기쁨을 누렸습니다.

함께 하는 시간이 그리 길지는 않았지만 그 틈에도 어머니는 잠깐 시간을 내어 당신 방에서 감사 기도를 드리고 계십니다.

제가 방문을 열고 들어가니 한번만 안아 보자고 하시네요.

어색했지만 안겨 드렸죠.

어머니는 "우리 귀둥이, 우리 귀둥이…. 늬가 하늘에서 떨어졌냐, 땅에서 솟아났냐"고 막 그러시네요.

오후의 따스한 볕에 나른해질 무렵 일정에는 없었지만 문득 소개받은 요양원이 궁금해지기도 하고 우리도 한번 가보고 싶어 나들이 가듯 어머니를 모시고 갔습니다.

월출산이 병풍처럼 둘러져 있는데 몹시 아름다운 곳입니다.

건물도 무슨 콘도 같기도 하고요.

그동안 우리의 사정을 알고 계시는지 직원 분들도 반가이 맞아 줍니다. 어머니도 멋있다고 하시면서

"와아~" 하시네요.

어머니랑 우린 그냥 놀러 와 보았는데 여기 직원 분은 우리가 오늘

정식으로 오는 날인 줄로 알았나 봐요.

"모든 것들이 완비된 곳이니 오늘부터 계셔도 된다"고 하네요.

준비하고 온 것은 아니지만 어머니가 혹시라도 그러시겠다고 하면 우린 다행인 거죠.

혹시 맘이 변하실까봐 두려웠던 차였고요.

어머니가 40일 기도를 자주 하시며 간간히 기도원에 다니시는 것을 잘 알기에 한마디 말을 붙이며 어머니의 심경을 살폈습니다.

"어머니 오늘부터 기도할 수도 있대요. 40일간 여기서 기도 해주실 수 있어요?"

"다 느그덜 일인디 40일은 아무 것도 아니지야!"

어머님이 이곳에 호감을 가지실 줄 예상치 못 했습니다. 어머니가 싫어하실까봐 우려했던 일이 너무 수월하게 진행되었습니다.

우리는 설레기 시작했습니다.

시골집밖에 모르는 어머니를 요양원에 모시는 것을 어떻게 시도 하느냐가 그동안 우리에게 어려운 숙제였으니까요.

이런 저런 잠깐의 시간을 보내고 오히려 어머니의 배웅을 받으며 요양원을 나왔습니다.

나주 집에서 항상 우리를 보내시듯 손을 흔들어 주시네요.

그동안 큰형네, 철호 형네 모든 분들 어머니 땜에 참 고생 많으셨습니다. 이제부터는 우리 더 마음 아픈 일 없겠죠?

더 이상 힘든 일 없겠죠?

더 이상 시행착오도 없겠죠?

모두에게 좋은 일!!! …….

그런데, 그런데,
4시간여 차를 타고 오면서도 모두가 할 말이 없는 건지 거의 침묵할
뿐입니다. 오늘 일들이 주마등처럼 스쳐 지나가네요.
오늘 우리가 무슨 짓을 해버린 건지….
하필이면 내일이 어버이날인데….
우리가 무엇에 홀리지 않고서는….
화단까지 나와서 두 손 흔들어 주시는 어머니의 모습이 가슴에 맺
히네요.
이건 아닌 거 같아요.
정말 아닌 것 같아요.

속은 무참히도 허물어져 가는데 무심한 내비게이터는 끊임없이 차

의 현 지점을 알려 주고 속도까지 조절해 주며 제가 가야 할 길을
일러 줍니다.
마지막 요금 정산소는 서울에 잘 도착했다며 요란한 불빛을 뿜네
요. 순간 저는 다 온 길을 마음속에서 갑자기 헤매기 시작합니다.

어머니, 꽃구경 가요
제 등에 업히어 꽃구경 가요

세상이 온통 꽃 핀 봄날
어머니는 좋아라고 아들 등에 업혔네

마을을 지나고 산길을 지나고
산자락에 휘감겨
숲길이 짙어지자
아이구머니나!
어머니는 그만 말을 잃더니

꽃구경 봄구경
눈감아 버리더니
한 웅큼씩 한 웅큼씩 솔잎을 따서
가는 길 뒤에다 버리며 가네
어머니 지금 뭐하신데유~~
아~ 솔잎은 뿌려서 뭐하신데유~~
아들아 아들아 내 아들아
너 혼자 내려갈 일 걱정이구나
길 잃고 헤맬까 걱정이구나

－꽃구경 · 장사익－

톨게이트를 지난 순간부터 시야가 점점 흐려지네요.
그토록 선명하던 어머니의 '솔잎'이 이젠 하나도 보이질 않아요.

2015년 6월 25일 목요일

어머니 계신 곳이 좋은 요양원이라는 정도만 알고 있다가 문득 궁금해 져서 인터넷을 뒤져 보았어요.
이런 저런 소식들이 아주 많이 나와 있습니다.
기관장이나 지역 유지들이 자주 방문도 하고, 사람들이 봉사 활동도 많이 하고 있는 곳입니다.
우리는 면회가 안 된다는 핑계로 요양원에 안가고 있는데 사람들은 일부러 찾아가 봉사를 하고 있습니다. 고마울 따름이죠.
그런데 뉴스 끝자락 마다 꼭,
'이곳에는 현재 ○○명의 치매 환자들이 생활하고 있다'
라고 나오네요.
치매 환자들이….
워메~ 우리 어머니 계신 곳이…….
저만 모르는 거여요?
어머니도 얼마나 껄쩍지근해 하실까요?

2015년 8월 15일 토요일

3개월이 지났어도 어머니가 적응을 잘 못하시는 것 같아요.
어머니와 직접 통화는 요양원 요청으로 금지 사항에 가깝고….
간호사님 왈, 적응 기간을 더 길게 잡아 보겠노라고 하시네요.

몹시도 더운 날입니다. 마당 한 귀퉁이에 미롱이가 보이네요. 미롱이는 우리 집 마당에 살고 있는 고양이입니다. 미롱이가 삼복더위에 죽을 둥 살 둥 하면서 낳은 지 며칠 되지 않은 새끼들을 건사하고 있습니다.

사냥과 육아로 업무 분담이 되어 있는 고양이 본능 상 또 다른 고양이인 삼순이의 새끼들까지도 한 어미가 기른다고 하네요.

동네의 우두머리 수컷이 한번 훑고 지나가면 거의 동시에 임신을 해버리네요.

기진맥진 축 처져버린 이 녀석을 보고 있노라니 어머니 생각이 납니다. 저는 아직까지 한 번도 어머니의 부풀은 젖가슴을 본 적이 없는 것 같아요.

작고 가냘프기만 한 우리 어머니…. 칠남매 키우느라 삶의 고단함만이 덕지덕지 쌓여져 있었던 우리 어머니….

2015년 8월 23일 일요일

덥기만 한 이 시간,

형들 누나들과는 통화가 가능하지만 할 말이 별로 없는 것 같고….

어머니하고는 통화하고 싶으나 통화하기가 어렵고….

내가 미치겠어요.

어머니하고 이야기하고 싶어….

어머니하고….

어머니하고….

어머니하고….

오후 늦게 동물병원에서 미롱이를 찾아 왔습니다.

새끼들을 무사히 건사해낸 것 같아요. 하지만 정작 미롱이는 며칠 전부터 다 죽어가는 것 같더라고요.

녀석은 아무 것도 먹지 못하고 죽는 시간만 기다리고 있는 처지였지요. 반면에 미롱이에게 제 새끼를 여태 맡기고 육아에서 자유로웠던 삼순이 녀석은 윤기가 질질 흐르고….

아이들은 이런 미롱이를 빨리 입원 시키자고 성화를 부리고….

어머니 한 분도 건사하지 못하면서 길고양이 생사에 정신을 뺏기려 하니 나도 모르게 심사가 뒤틀어지려 했습니다.

하지만 그러면 그럴수록 다른 생각도 들었습니다. 아무리 미물이라지만 생사의 무거움이 내 손에 달려있는 것 같기도 하고, 자꾸만 다산의 고통을 겪어 내셨을 어머니 생각이 이런 상황에 겹쳐지기만 하고…. 결국 병원에 데리고 갔지요.

다 죽어가는 것처럼 늘어져 있던 미롱이가 차 안에 태우려 하니, 낯선 폐쇄감 때문인지 발악(?)을 하더라고요.

녀석은 몰골이 말이 아니었습니다. 나는 녀석의 주인이라는 사실이 부끄러워 녀석을 애들한테 맡기고 고개도 잘 들지 못한 채 저 쪽 구석에 남처럼 앉아 있었어요.

윤기 번들거리는 명품 녀석들을 안고 있는 사람들과 같이 앉아 있기도 머쓱하고….

입원 후 3일 만에 살아서 돌아오네요.

말끔히 기운을 차린 녀석을 보니 숙연해집니다.

제가 먼저 받아서 안아 보았습니다.

살아남은 것 자체가 명품 같네요.

태어날 때도 다 죽어가다가 기적적으로 제 동배 새끼들 중 저 혼자
만 살아남았었는데….

그것도 뒷밭에 묻히기 일보 직전까지 갔다가….

나중에 완전히 회복하면 중성화 수술을 시켜줘야겠어요.

그러면 산고의 고통은 더 이상 없을 터….

2015년 9월 22일 화요일

간호사님 왈,

40일 기도 끝난 지가 언젠데 왜 집에 못 가게 하느냐며 어머니가 화
를 많이 내신다고 합니다.

간호사님은 그래도 우리에게 조금만 더 참아 주시랍니다.

우리 어머니는 해내실 수 있을 겁니다.

낼 모레가 추석이네요.
형들, 누나들…. 우리 모두 고통을 이겨내 봅시다.

2015년 10월 26일 월요일

빠른 사람은 일주일, 아무리 늦은 사람이라도 3개월이면 요양원에
적응이 된다고 했지만 어머니는 6개월이 가까워서야 요양원이라는
시설에서 오는 낯설음이 가시는 듯 했습니다.

이제부터는 면회가 가능할 정도로 요양원에 적응이 되신 것 같다고
하여 몇몇이 다녀왔어요.

인근 숙소로 모시고 나와 즐거운 시간을 보냈죠.

9남매의 장녀다운 어머니의 품위 있고 안정된 모습을 보고,
"우리 어머니가 드디어 해내셨다!"
"우리 어머니는 보통 분이 아니셨어!"라고
자축하며 모두가 흐뭇해했습니다.

어머니가 간간히 한마디씩 하실 때는 숙연해지기도 했지만 전체적
으로 화기애애했습니다. 오랜만에 터뜨려보는 우리 모두의 함박웃
음들….

모두가 좋아하는 무안 세발낙지와 흑산도 홍어를 안주삼아 참으로
맛있게 소주 한잔 하였습니다.
이렇게 분위기는 무르익어 가는데 외삼촌이 곁을 보며 꺼낸 말씀이
내내 가슴을 짓누릅니다.

"좋은 날이다마는, 미안허다. 그래도 내가 작심하고 한마디
헐란다. 자식들이 일곱이나 되는디…. 느들이 얼마나 효자
였냐 이?…. 우리 큰누님, 긍께 느그 어머니가 이런 데서 계
실 거라고는…. 나는 이런 것을 꿈도 못 꿔 봤어야!"

낮게 가라앉았던 삼촌의 목소리가 비장해지려할 때마다 옆에 앉아
계시던 외숙모님이 몇 번이나 눈길을 주셨습니다.

이것저것 맛있게 들고 계시던 어머니가 그 순간 헛젓가락질을 하고
계시네요.

얼른 뭘 집으셔야 하는데….

어머니의 표정에 무엇이 쓰여 있는지 읽을 수가 없네요.

조카들에게 지적하는 외삼촌을 달래려는 것인지?
삼촌한테 변명하려는 것인지?
삼촌을 핀잔하려는 것인지?

아니면 평생을 자식들에 대한 자랑과 신뢰로 살아오신 분이 창피함을 느끼며 허물어져 가는 것인지?

우리는 쉬운 일을 이렇게 어렵게 하고 있네요.

2015년 12월 15일 화요일
어제 어머니와 통화했는데 좀 힘들어 하시는 것 같아요.
형수님 말씀대로 지난 토요일 커피 때문에 직원과 말다툼한 여파인 것 같네요.
과자 안 좋아하시니 보내지 말라고 하십니다.
다투고 나면 몸도 힘드실 것 같네요.

참고로 어머니는 커피를 좋아하시지만 요양원에서는 할머니들이 드시는 걸 꺼린다고 하니 알고 계시기 바랍니다.

2015년 12월 22일 화요일
목소리는 밝으셨어요.
잘 계신다면서도, 언제 올 지 물으십니다.
"언제 안 오냐?"

내가 바빠서 자주는 못 가겠다고 말씀드렸더니 어머니는 *"여기에 오는 것이 대수가 아니고 아이들 잘 키우는 것이 최고!"*라고 하십니다.

어머니가 부담을 덜어주는 말을 하셔도 제 맘은 여전히 착잡해집니다.

2015년 12월 25일 금요일
오늘은 크리스마스입니다.
요양원에도 크리스마스 플래카드가 크게 붙었다고 하네요.

어머니는 그곳에서도 자식들에게 엄청 축복을 나눠 주십니다.
오늘은 우리도 어머니도 항상 설레는 날인 거죠.

이천십육년

일월 ~ 유월

2016년 1월 1일 금요일

직장을 따라서 며칠 후면 경북 김천의 혁신도시로 이사한다고 말씀
드렸더니 "언제 한 번 놀러가겠다"고 하시네요.

"그럽시다, 그럽시다"고 하면서 "어머니가 강하게 키워주셔서 어디
가도 잘 살 수 있다"고 말씀드렸더니, "그래야지" 하시네요.

> 누나들
>
> 벌써 이사하는 날이 왔구나. 서울에 있을 때도 잘 못 봤는데….
> 멀리 간다고 하니 또 아쉽다. 있는 곳 어디서든지 하나님의 축복
> 속에 있기를 기도하마….

2016년 1월 4일 월요일

월요일이라 어머니와 통화했습니다.
입술에 바르는 약을 눈에 발라서 알레르기가 생겨 간호사님과 병원
에 가셨대요.
왜 입술 약을 눈에 바르셨는지 걱정이 되네요.

2016년 1월 4일 월요일

어머니가 옥희 누나네와 식사하시네요.
몹시 들뜬 목소리로
"이것이 꿈이냐? 생시냐?"라며 즐거워하십니다.

2016년 1월 7일 목요일

김천 시골 마을에 농가 1채를 얻어 오늘 이사했습니다.

출·퇴근하기 편하니 여기서 사는 동안 닭 몇 마리 기르고,

텃밭이나 가꾸면서 전원생활의 특전을 누려 보고자 합니다.

엊그제 옥희 누나네 가족이 요양원에 잘 다녀오셨는데,

어머니가 오늘도 "이것이 꿈이냐? 생시냐?"하시며 옥희 누나네가

다녀갔다는 말씀을 거듭하시네요.

누나들

> 아침에도 통화했는데 목소리가 통통 튀기시며 기분 좋아하신다.
> 알러지도 많이 좋아지신 듯하다. 김천에 잘 갔지? 너를 품어주듯
> 이 눈이 포근하게 내리는구나. 김천이 너에게 기쁨과 행복을 주는
> 장소가 되길 빈다. 사랑해~

나

> 잘 도착했습니다.
> 내 한 몸만 생각하면 무릉도원이 따로 없습니다.

2016년 1월 11일 월요일

월요일이라 어머니와 통화했습니다. 요양원 측과도 대화를 했습니

다. 그런데 간호사님이 커피 때문에 큰소리가 난다며 이렇게 말씀

하시네요.

"어머니의 커피를 사무실에서 보관하며 하루에 3~4잔 타드려요.

약을 복용하시며 드시기에는 너무 많은 양이지만 안 타드리면 엄청

화를 내십니다. (자식들이 사 온 것인데 안 타준다며) 지금도 그 일로 흥분 상태이시니 누그러지시도록 통화도 하고 적절한 기도를 요청하여 다른 쪽에 몰입이 되었으면 좋겠어요"

어머니와 통화하며 이런 저런 이야기를 나눴는데 20여 분 동안 가족이야기와 나라이야기를 계속 하셨어요. (어머니는 종종 나라를 걱정하는 이야기를 하십니다)

어머니가 오랜 시간 말씀하시더라도 그것을 들어드리는 것이 보약이라 생각합니다. 말로 다 풀어내 버려야 하는 어머니의 상태를 이제는 알았으니…,
더 들어드려야 하는데 일 때문에 하는 수 없이 조금 일찍 마무리했습니다.
간단하게라도 통화하는 것이 좋을 것 같아 이제부터 월요일, 금요일에는 고정적으로 통화하려고 합니다.

2016년 1월 13일 수요일

어머니가 가끔씩 혼란에 빠지시나 봐요.
오늘 어머니한테 기도 숙제를 드리려고 서두에 김천 이사에 대해서 말씀드렸죠.
지난번에 제가 김천으로 이사해야 한다니까, 그러냐면서 놀러 한 번 가겠다고 하시고서는 오늘은 "느그가 멀리 가 불면 느그 장모님은 어쩌끄나?"라고 하시면서 우리네를 엄청 안쓰러워 하셔요.

저 혼자 간다고 말씀드렸는데도….

통화 중에 편찮으신 어머니가 제 장모님을 걱정해 주고 계시니 속이 엄청 착잡해지네요.

거기 직원들이 옆에서 들을까 가슴이 두근거리기도 하고요…

2016년 1월 14일 목요일

이런저런 말씀을 많이 하십니다.

시간 개념이 약간 꼬이긴 하지만 90%는 사실들….

문득 이렇게 통화하는 것도 큰 행복이라는 생각을 했습니다.

출장 땜에 전북 김제에서 일보고 상행선 기차 타고 가는 중…….

70년대 말 방학 중에 이리(익산)에서 비둘기호 기차 타고 서울 큰누나한테 가던 생각이 떠오르네요.

물질은 풍족치 못했으나 마음은 풍요로웠던 우리의 그때!!!

누나들

울컥~ 우리 승아로 인해 힘이 남! 늘 건강하고 행복하길!

2016년 1월 18일 월요일

(4월 13일 국회의원 선거가 있는) 올해는 선거철이며, 남북통일에 중요한 해라고 하십니다.

전쟁 때 월북해버린 어머니의 당숙이 가끔씩 생각나시나 봅니다.

통일 이야기가 나오면 그분 말씀을 하시네요.

어머니의 '미소방'에는 기독교 TV 채널이 고정되어 버린 것 같던데

일반 뉴스도 가끔씩 보시나 봐요. ㅎㅎㅎ

2016년 1월 21일 목요일

어머니한테 문제가 생겼다고 해서 통화했습니다.
간호사님 왈, 이제는 어머니 상태를 잘 알고 있어서 논쟁을 안 하고
맞춰주려고 하지만, 상태가 좀 심하다고 하네요.
무슨 말인지는 모르겠는데, 대강 이런 내용인 것 같아요.

어머니께서는 옆방 할머니가 피똥을 싼다고 하며,
그것을 '애기'라고 한다고 합니다.
이것은 심한 증상으로서 정신과 치료가 요구된다고 하네요.
화장실을 공동으로 사용하고 있는 옆방 할머니가 새로 들어오셨는
데, "자식이 없어서 대신 낳아준다"고 어머니가 말씀을 하신대요.
제 나름대로 떠오르는 것이 있어 이런 저런 이야기를 간호사님께
설명 드리니, 간호사님 왈, "신앙이 너무 깊으셔서 빙의가 아닌가?"
라고 하네요.

어찌되었건 어머니가 약 잘 드시고 잘 적응하시다가, 커피 문제로
찌그락거린 통에 거의 원점이 되어 버리는 것 같다고 합니다.
그냥 커피 떨어질 때까지 드시다가 다시 시작해야겠다고 하네요.
어머니나 직원들 모두가 좀 안쓰럽더군요.
어찌되었든 잘 안착할 수 있도록 도와달라고 하네요.
면회도 좀 자제하고(우리는 너무 못가고 있지만)….

전화는 제가 하던 대로 그대로 하라고 합니다.

오늘 전화할 때는 어머니가 딴 곳에 몰입하시도록 '기도'를 부탁해 보라고 해서 그렇게 했습니다.

객지로 이사 오니 많이 힘들다.
어머니가 보고 싶고, 어떻게 지내시는지 몹시 걱정이 된다.
제가 잘 이겨낼 수 있도록 어머니가 기도해 주시라고 하니까,
"나도 너희들이 보고 싶다만 꾹 참고 있다. 너도 참아내라.
엄마가 이렇게 좋은 데서 이렇게 잘 있는데 뭐가 걱정이
냐? 밥도 정말 잘 먹고 있다. 강하게 마음먹고 참아내라"
고 하시네요.

한참을 공자님 말씀을 하시면서 힘내라고 하시네요.
"당신이 기도를 얼마나 열심히 하고 있는데…" 라고 하시면서….
아무리 의심해 봐도 이럴 때는 너무너무 정상이세요.

거 참……, 요양원에서 다시 적응 프로그램대로 어머니를 끌고 가는 것이 좋을지? 그냥 이대로 좀 더 지켜보는 것이 좋을지?
참 혼란스럽네요.

누나들

온통 마음이 엄마에게 있다.

누나들

커피 장본인이라 더욱 그러면서도 나는 그 믹스커피를 타 먹으며 엄마를 생각하고 있으니 원!

나

괘념치 마시길…. 절대로…. 여러 요소들 중 단순한 하나였을뿐….

누나들

그래~ 고맙다. 밥 잘 먹고 다니고!

2016년 1월 21일 목요일

간호사님이 철호 형과 통화하려다가 진료 중일 것 같아 저에게 전화 했답니다.

의사 선생님 왈,

눈꺼풀의 부종은 상당히 진정되었고,

똥아기 사건으로 인해 투약 정도를 변경했다고 합니다.

밤마다 1일 1알에서, 1일 0.5알 3회로….

저와 통화 후 어머니를 더 많이 이해할 수 있을 것 같다고 하면서 잘 대처해 보겠다고 했습니다.

어머니가 지금은 예민하셔도 조금만 지나면 자기 더러

"우리 셋째 딸", "우리 셋째 딸"이라고 하며 다정하게 대해 줄 것이라고 합니다.

셋째 누나 닮았다고 어머니가 그녀를 '셋째 딸'이라고 하신답니다.
어머니 상태가 직원들도 혼란스럽겠어요.
그들에게는 직업상 이런 것도 새로운 공부가 되겠지요?

누나들

> 그렇잖아도 어제 올케랑 두 차례 통화했다. 저녁때쯤 좀
> 진정되셨다고 연락이 와서 마음 가라앉히고 있었는데….

형들

> 어머니 소식에 순간순간 걱정과 안도가 교차하네. 간호사들 고생
> 도 막심하겠지. 우리 막내둥이는 항상 든든해, 예로부터….

2016년 1월 22일 금요일

김천 집이 너무 맘에 들어서 정말 좋아요.
꿈꿔 오던 시골 생활을 여기서 누리게 되네요.
나주 집보다 더 홀가분하고 깔끔하며 세상이 풍요롭네요.
어머니만 잘 계신다면 저는 아무 걱정 없이 바로 '파라다이스…'에
있는 기분일 것 같은데…….

2016년 1월 26일 화요일

오늘 요양원에서 전화가 왔습니다.
얼굴에 불그스름한 상태는 남아 있으나 똥 이야기는 문제없는 것으
로 판단되었으니 걱정 마시라고 합니다.

딴 건 몰라도 똥 이야기는 해프닝일 것 같더라고요.

정말 그러실 분이 아닌데….

하던 대로 월, 금요일 규칙적으로 전화 드릴 것입니다.

어제도 너무 좋아하시던데….

형들

그래, 반가운 소리.

마누라

사랑스러운 울 남편…. 어머니에 대한 애정과 신뢰가 짱.
그만으로도 훌륭한 아들….
고단한 삶의 고비에서 엄청난 위로가 되셨고,
또 받고 계실 거예요. 참 잘 키우셨네. 이런 아들 두셨으니
부러운 울 어머님.

2016년 1월 29일 금요일

오늘은 금요일. 어머니와 간단히 통화했습니다.

고만고만하신 생활들…….

자식들 위한 기도에 매진하고 계시네요.

형수님들

당분간 면회 안 하려고 했는데…….
명절이 다가오니 또 그게 아니네요.
자식 욕심도 많으신 분이 얼마나 서운하시겠어요?

2016년 1월 31일 _{일요일}

저의 일정은 설날 저녁 무렵에 내려갔다가 다음 날 밤늦게나 올라
올까 합니다.

2016년 1월 31일 _{일요일}

정정합니다.
당분간 방문을 자제하는 것이 좋을 것 같다고 해서 다음으로 미룹
니다. 면회를 너무 자주하면 적응 프로그램에 차질이 생길 수 있답
니다.

2016년 2월 1일 _{월요일 오전}

오늘은 월요일.
어머니 그리고 간호사님과도 통화를 했습니다.
전화상으로 많은 이야기를 했습니다.
모두가 자랑스러운 내 자식들이나 마찬가지니 우리 사무실 직원들
에게도 안부를 전하라고 하시네요.

ㅎㅎㅎ 어머니의 오지랖⋯⋯⋯.
기도하고 있는 대로 우리나라가 잘 되고 있는 것 같다고 하시네요.

어머니가 너무 거창한 것 같아 간호사님들이 좀 황당하나 봅니다.
어머니가 이러시는 것이 불안, 불안하나 봐요.

당신이 바로 모든 사람들의 걱정거리인데 말이죠.

어머니가 자식이나 나라 욕심이 많으셔서 그러시는 거라고 말했습니다. 계속 지켜보겠다고는 하시네요.

형수님들

집 생각 안하셔서 그나마 다행이네요.

2016년 2월 1일 월요일 오후

간호사님 왈,

"똥애기랑, 화내시는 것 등등 때문에 어머니를 정신병원에 모시는 것도 고려하고는 있어야 될 것 같다"고 합니다.

나라와 자식 욕심이 많으신 분이라 그러시니 정신치료는 염려 안 하는 것이 좋겠다고 제가 말했어요.

간호사님이 이해는 해주더라구요.

2016년 2월 11일 목요일

어머니와 전화 통화는 당분간 보류하는 것이 좋겠다고 해서 20일 경에나 전화 드릴 예정입니다.

형수님들

커피를 있는 대로 드시고 밤새 잠을 안 주무신다네요.
잠 잘 주무시면 좋아지실 듯….

형들

어머니가 안정될 때까지 전화하지 말고 기다려. 어머니가 그
사람들과 조화를 이루어야 해.
우리가 전화 할수록 적응 안 돼. 궁금하면 수간호사와 통화하고
엄마와 직접 통화하지는 마.
밤마다 옆 사람과 싸우시는 것이 험악해.
눈을 빼버린다 하고….
결국 당신 마음대로 안 된다는 걸 깨우치셔야 해. 안되면 다시
집으로 모시던지 아님 정신병원 밖에 없겠더라고….
더 심한 사람도 가족들이 1~2년 무심하니 거기에 적응하더래.
잘못하다간 집안 전체가 무너질 수 있어.

2016년 2월 12일 금요일

형수님 왈, 어머니 상황이 큰 것 아니니 걱정 마시랍니다.
이번 주에도 뵈러 가신답니다.
계속 약 처방 들어가고 있고요.

2016년 2월 17일 수요일

형수님 말씀이 적절한 병원치료로 어머니가 효과를 보신 것 같다고
합니다. 직원들은 앞으로 웬만한 것 아니면 어머니에게, "왜 그랬어
요? 왜 그렇게 하세요?"라는 말은 삼가기로 하였다고 합니다. 그런
말이 어머니의 심기를 불편하게 하는 불씨의 원인이었다는 것을 직
원들이 알게 된 것 같답니다.

2016년 2월 21일 일요일

형들

> 피부도 수면도 많이 좋아지셨어.
> 무소식이 희소식이라고 잘 적응하시기까지 방문도 전화도 일체
> 않기로…. 무슨 일이 있으면 자기들이 연락해 준대.

2016년 2월 22일 월요일

형수님 왈, 어머니 피부가 너무 좋아지셨다니 걱정들 마시랍니다.

2016년 2월 23일 화요일

형수님 왈, 어제도 잘 주무셨다고 걱정하지 마시랍니다. 계속 약 처
방 들어가고 있고요….

2016년 2월 29일 월요일

요양원에서 전화가 왔는데 형수님과 통화가 안 되어 저에게 어머니
를 바꿔 주었어요.

어머니가 "제발 나주 집이랑 외갓집이랑 좀 다녀오자"고 하십
니다. 3년이 넘어버리지 않았느냐고 하시네요. 어머니 생각에는 9
개월이 3년으로 느껴지시나 봐요. 제가 조금만 더 계시라고…. 조
금만 더 계시면 같이 다녀오자고…. 우리도 너무 바빠서 그런다고
했어요.

어머니는 "그러지야?"라고 하시면서 "여기 다시 안 오겠다는 것도
아니니 한 번만 다녀오자"고 하시네요.

간호사님과 다시 통화했어요. 전체적인 상태는 약효과도 있어서 나름 부드러워진 것 같다고 하시네요. 그러나 여전히 순응을 안 하신데요. 한번 외출이라도 하고 오는 것이 치료가 된다면 그 방법이 어떻겠느냐고 물으니 의사 선생님께 여쭤보겠다고 합니다. 문자 작성 중에 형수님한테 전화가 왔네요. 최대한 요양원 의견을 존중하면서 모든 상황을 검토해 보자고 했어요.

2016년 3월 1일 화요일
형수님 말씀이, 바람 쐬시더라도 아직은 추우니 꽃피는 봄날에 시도해 보자고 말씀드렸답니다.

2016년 3월 2일 수요일
간호사님이 보낸 문자 내용입니다.

「어르신 상황을 더 지켜보고 결정을 하렵니다. 피부도 좀 좋아지고 있고, 오늘 아침에는 둘째 이모 이야기를 하시더라고요. 좀 더 지켜보다가 결정하도록 할게요. 약물 복용 이후 많이 얌전하시지만 이상한 말씀을 자주 하십니다. 저희가 해야할 일이니 최선을 다 하렵니다. 편히 계셔요.」

간호사님이 어련히 알아서 하겠습니까만, 제 생각에는 아직도 어머니와 간호사님 두 분 서로 간에 이해가 더 필요한 것 같습니다.
어머니 말씀 듣고 보면 빗나가는 것이 크게는 없거든요.
간호사님한테 잘 지켜봐 주시라고 말씀은 드렸어요.

한편으로는 제가 확신을 하긴 해도 괜히 저도 불안해서 형수님한테
"어머니가 치매 쪽으로 치닫는 것이 아닐까요?"라고 여쭈니,
형수님도 원래 그러셨고 단지 더 심해지신 거라고 하네요.
아~~~ 얼마 전까지만 해도 대단하셨던 우리 어머니….

2016년 3월 8일 화요일
형수님한테 문자 온 내용입니다.

「어머니가 '오늘 아니면 내일이라도 여기에서 못 나가면 죽을 수도 있다'고 연락
왔기에 놀라서 전화 드리니, 평소처럼 일반적인 말씀만 하시네요.」

어머니가 자식들과 전화할 때나 잠깐 괜찮으시고…. 보통은 스트레
스가 많은가 봅니다.

2016년 3월 9일 수요일
어머니가 말씀도 많이 어눌해지셨어요.
너무너무 살고 싶다고 하시네요.
보고 싶은 자식들 놔두고 이대로 죽을 순 없노라고 하시네요.
정말로 이대로 죽고 싶지 않다고 하시네요.
오늘 내일 사이로 꼭 죽을 것 같다고 하셔요.
돌아가신 외할아버지가 꿈에 나타나셔서 이만저만 하셨다는데 카운
터 주위가 시끄러워서 못 들었어요.
B 간호사님(A 간호사님과 의견이 좀 다른 듯함) 왈 자식들이 한번

정도 찾아와서 위로도 해드리고 바람이라도 쐬어드리는 것이 바람
직할 것 같다고 합니다. 내 생각도 그것이 더 의미가 있을 듯 싶네
요. 간호사님한테는 일단 시간 좀 달라고는 했어요.
이번 주가 좋겠다고 하네요.
시간을 내서 잠깐 모시고 나와 외갓집이라도 가면서 이런 저런 이
야기를 해보는 것도……. 형들은 만일의 사태에 대비, 여기 저기 심
도 있게 통화하자고는 합니다.

2016년 3월 10일 목요일

B 간호사님 말씀이
어머니가 조용하실 때도 많지만 자식들이 너무 보고 싶을 때는 떼
를 많이 쓰신다고 합니다.
그러니 주말에 가끔씩이라도 오셔서 뵙는 것이 좋겠다고 해요.

그 말을 듣고 보니 뭔가 이상해요.
A 간호사님은 자주 오는 것이 안 좋은 것 같다고 해서 면회를 자제
하고 있는 판인데….
작년 연말까지만 해도 다니다가 시행착오 생겨 못가고 있다니까,
그래도 가끔씩 와서 뵙는 것이 좋을 것 같다고 해요.
어제도 떼를 쓰신 후에 자식들이 다음 주에 올 거라고 약속했다고
말씀드리니 방에 가서 편히 주무셨다고 합니다.

지금 우리가 어머니를 뵈러 다니는 것이 좋은 건지에 대해서 간호

사 두 분의 의견이 다를 수도 있으니 서로 상의해서 연락 주시라고
했어요.
오전 중으로 연락이 없으면 우리가 가겠다고 했어요.
B 간호사님이 몹시 좋아라 하시네요.

2016년 3월 10일 목요일
형수님이 '어머니가 열이 심해 병원 응급실로 입원해야 할 것으로
사료되며…'라고 문자를 보냈어요.

2016년 3월 10일 목요일
형수님이 요양원으로 방금 출발했습니다.

제가 어제 어머니와 통화할 때,
'아이고 이 양반, 문제 생기겠구나!' 느낌이 들더라고요.
축 처져버리신 느낌….
이렇게 우물쭈물, 우왕좌왕하다가 우린 피눈물 흘릴 것 같아요.

2016년 3월 10일 목요일
추후 연락 되는대로 전달하겠음.
단순한 감기 정도면 좋겠음.

2016년 3월 10일 목요일
형수님에게 연락이 왔어요, 어머니 열 내리셨답니다.

2016년 3월 11일 금요일

형수님 왈, 병원 응급실인데 잘 주무신다고 하네요.

어머니가 체하기도 하셨다네요.

장기간 스트레스도 체의 원인이 될 듯….

제 생각에는…. 성이 차시면 열이 올라버리시는 건지?

아니면 신체적으로 약간의 문제가 있었던 건지?

어머니 상황이 마무리 되었습니다.

요양원에 복귀하셨어요.

나름 순하셨나 봐요.

이제 치매상태가 상당하신 듯….

오전 통화 중에 어머니 왈,

"늬 형수와 같이 있으니 이렇게 좋을 수가 없구나! 덩실덩실 춤을

추고 싶구나!"라고 하시네요.

어머니 상태가 심해지시니 우리 행동도 점점 단순해지는 것 같습니

다. 한 번씩 시간 내어 찾아뵙는 것 밖에…,

해드릴 것이 없으니….

저는 다음 주 금요일에 가기로 했어요.

2016년 3월 15일 화요일

내가 김천에 살고 있다고 어릴 때부터 집안끼리 알고 지내던 아우

가 먼 길을 찾아 왔어요.

참으로 오랜만이네요.

우리가 스물 한 살 되던 해의 정월 대보름날,

같이 불 싸움에 나갔다 왔죠.

그 녀석은 또다시 닭서리까지….

그 후유증으로 혼자만 교도소와 삼청교육대를 갔고,

그 후 아직까지 질곡에서 헤어 나오질 못하네요.

어머니는 동네 아이들 중 가장 야무진 녀석이 그리 되었다고 안타까워 하셨고 오랫동안 나름 챙기셨죠.

그래서인지 소주 한잔 들어가니 어머니 이야기를 꺼냅니다.

"울 엄니는 그런 곳에 계시면 좋아서 춤을 추시겠지만, 형 어머니는 그것이 아니여…. 그 섬세하고도….

연락처 좀 주소! 가서 원 없이 이야기 좀 허다 와야겄네. 같이 보듬고 울어부러야 나도 살 것 같겄네!"

하지만 아무리 좋은 뜻이지만 지금 어머니가 처해진 상황에서 그 녀석이 거기 찾아가는 것은 역효과일 것 같아서, 괜찮은데 계시니 걱정 안 해도 되고, 지금은 거기 규정상 면회가 안 된다고 얘기했어요. 또 이만저만해서 안 가는게 낫다고 누누이 설명을 해줘도 내 속을 심란하게 만들어 놓습니다.

"아들이 아니라는데…"

내가 큰 소리로 화를 내며 못을 박아 놓으니, 그 녀석도 댓구를 합니다.

"형이 정 그렇게 생각하면 입을 아조 다물어 불라네!"

짜증나서 용돈을 반 만 주어 보냈어요.
그런데 가는 뒷모습이 너무 짠하네요.

2016년 3월 18일 금요일

어머니, 철호 형네, 우리까지 총 5명이 철호 형 관사에서 많은 이야
기를 나누며 회포를 풀고 있습니다.
잠시 후 요양원 귀원 예정이랍니다.
이제는 어머니께서 많은 것을 이해해 주시는 것 같아요.
그동안 많이 힘드셨으리라 생각되지만 향후 긍정적인 상황이 예상
됩니다. 주말마다 면회하고 외출하면 여러모로 좋을 듯….
그렇다 해도 잘하면 금년이나 밖에….

2016년 3월 19일 토요일

어제 요양원에 가보니 어머니가 침대 아래 방바닥에 옆으로 누워계
셔요.
모든 것을 내던져버린 사람처럼….
순간 오싹해짐을 느낍니다.
어머니를 부르니 너무너무 반가워하시는데 얼굴이 호박 덩어리처럼
부푼 채로 오른쪽 눈은 완전히 감겼고 살짝 떠 있는 왼쪽 눈 사이로
저를 겨우 보시더라고요.
왜 이렇게 되어 버린 걸까?
눈물이 쏟아지려는 것을 겨우 참고 부축하여 마실을 나갔습니다.
형수님이 철호 형 관사로 모시고 오라고 해서 그곳으로 출발했는데

가는 동안 내내 끊임없이 말을 하시며 회포를 푸시네요.

오가는 내내 "이것이 사람 사는 것이냐? 생지옥이지…. 너희들을 보니 살아난 것 같구나"라고 하십니다.

관사에서 시간을 보내고 귀원 도중 내내 제 마음이 착잡합니다.

이렇게 좋아하시는 어머니를 어떻게 두고 나올까….

갑자기 잔꾀가 떠올라 어머니께 거짓말을 했습니다.

"여기가 대한민국에서 제일 좋은 곳이랍니다. 사실은 외할아버지가 독립운동을 하셨기 때문에 딸인 어머니가 이 혜택을 보고 계신거고, 나중에는 이모랑 외삼촌도 모두 이곳으로 오신다고 합니다.

그러니 어머니가 먼저 터를 잘 닦아 주셔야 됩니다.

국가에 공을 세운 사람의 후손이 아니면 아무리 돈이 많아도 자격이 없다고 합니다"라고 말을 하니, 어머니가 눈이 휘둥그레지시면서 놀라십니다.

"여기가 그런데다냐? 그것도 모르고 있었네. 진작 말하지 왜 지금 말하냐?"

어머니도 다 알고 계신 줄 알고 말씀 드리지 않았다고 했어요.

전혀 모르셨다고 하시고는 몹시 안타깝게 생각하시며 마음을 단번에 바꾸시네요.

모르실 수밖에….

거짓말에 홀딱 넘어가시네요.

2016년 3월 20일 일요일

요양원에서 온 내용입니다.

「○○○입니다.

어머님이 이번에 외출하신 뒤로 마음이 편해 보이시며 잘 주무시고 얼굴도 많이 좋아지셨네요. 심리적인 게 크신가 봐요.

너무 걱정 마시고 혹 상태 변화 생기면 전화 드리겠습니다.」

2016년 3월 20일 일요일

가끔씩 B 간호사님이 언중에,

자녀분들이 한 번씩 와서 어머니를 뵈었으면 좋겠다는 뜻을 그동안 언뜻언뜻 비추었던 것으로 기억돼요.

제가 속으로 '잘 적응할 때까지는 득이 안 되니 될 수 있으면 오지 말라면서… 이상하네'라고 갸웃했었는데 지금 생각해 보니 많은 것들이 연결되는 것 같네요.

B 간호사님은 어머니에게만큼은 요양원 프로그램이 좀 획일적(?)이라고 생각하는 사람인 것 같아요.

점심 무렵 어머니가 많이 좋아지셨다고 문자가 왔기에 답장을 보냈고, 또 통화를 하는 것이 도리일 것 같아서 4시 무렵 전화를 했어요.

B 간호사님이 몹시 반색을 하면서, 어머니 피부가 원래대로 하얗게

돌아왔고 붓기도 거의 없어졌으며 잠도 잘 주무시고 밥도 잘 드시고, 예배도 잘 보셨다고 합니다.

심리적인 요인이 이렇게 중요한 것 같다고 하면서 자기의 예상이 '맞았음'을 넌지시 던지는 것 같았어요.
또 어머니의 케이스는 자기들도 생소해서 잘 몰랐다고 해요. 먼데 있으니까 쉽진 않겠지만 어머니와 만나기로 약속을 했으면 꼭 지켜 달라고 하시네요. "그러마"라고 했어요.

2016년 3월 21일 월요일

어머니와 통화 중에 "여기가 참 좋다. 모든 것이 고맙고, 너희들 잘 있는 것 보니 살 것 같더라. 나도 밥 잘 챙겨 먹고 잘 있을란다. 너희들도 잘 있고 또 보자"고 하시네요.
A 간호사님이 어머니가 좋아져서 너무 기쁘다고 하면서 어떻게 하루아침에 이렇게 달라지셨는지 신기하다고….
그러면서 어머니 옷이 똑딱단추로 되어 있어 불편하니 면으로 된 티와 바지 좀 보내 주었으면 하네요.
큰형수님이 이번 주에 가실 때 챙겨 가시면 좋을 것 같아요.

2016년 3월 23일 수요일

피부가 다 낫진 않았지만, 식사, 예배, 주위 사람과의 관계 등이 좋아지셨다고 합니다.
목소리가 훨씬 생기 있으셔요.

2016년 3월 25일 금요일

간호사님이 말하기를, 모레가 부활절이어서 금일 아침은 단식기도 하셨고, 지금 잠을 오래 주무시고 계신다고 하네요.

얼굴을 자주 씻는데 이 과정에서 피부가 예민해진다네요.

오래 앉아 계시면 발이 붓기도 하시고…,

그래도 잘 계신다고 합니다.

2016년 3월 27일 일요일

형수님이 보낸 문자 내용입니다.

「어머니 피부가 너무 깨끗해지셨네요. 아직도 집에 가시고 싶은 열정은 조금 남아있는 듯 하지만 그래도 많이 좋아지셨네요.」

2016년 3월 30일 수요일

간호사님이 말하기를,

어머니가 식욕이 좋아지시는지 고기를 자주 찾으셔서 어제는 어머니 돈으로 치킨을 시켜 드렸다고 합니다.

다리 붓는 것도 많이 양호해졌고 협조를 잘 해주신데요.

어머니 말씀이, "자식들이 자주 오기는 힘들겠지만 오면 참 좋지야! 전화 통화만 해도 좋다"라고 하시네요.

2016년 4월 1일 금요일

간호사님이 어머니가 이틀 간격으로 치킨을 드시더니만 이젠 질리신 것 같답니다.
처음과 달리 많이 이해해 주시니 이제는 참 좋다고 하시네요.
이번 주에 작은 형수님이 오신다고 알고 계시네요.

2016년 4월 4일 월요일
10시 50분경에 간호사님과 통화하니 잘 주무시고 계신다고
잘 지내시니 걱정 말라고 하십니다.

2016년 4월 6일 수요일
어머니 말씀이 욕심내지 말고, 무리하지 말고, 뭐든 감당해 낼 수
있을 만큼만 벌라고 하시네요. ㅎㅎㅎ

2016년 4월 8일 금요일
제가 어머니께 너무 뻥을 쳤나 봅니다.

어머니가 "목욕도 잘하고 밥도 맛나게 먹고 있으니 하나도 걱
정하지 말고 늬 일 열심히 해라.
(너무 자연스럽게) 낼 모레는 외갓집이랑 집이랑 교회랑 가서
사람들도 좀 보고 와야겠다.
좋은 곳에서 잘 지내고 있다고 자랑도 좀 헐란다"고 하시네요.

순간 어머니가 너무 속도를 내시는 것 같아 막으려고 했습니다만,
그러다가 또 역효과 날까봐,

가더라도 사람들한테 자랑하시면 안 된다고만 했어요.
작은 형수님한테 어머니가 이만저만하시더라니까,
형수님 말씀이,
"어머니는 그렇게 해드리는 것이 더 효과적일 것 같아요. 자주 시간
낼게요"라고 하시네요.

하나가 해결된 것 같으면 숙제가 또 하나 생기고……
형수님이 2인, 3인 역할하실 것이 뻔하고….
이래저래 맘이 편치 않네요.

어머니 바꿔주기 전 간호사님이
어머니 피부가 좋아졌는데 다시 좀 안 좋아졌다고 하니까,
어머니가 속으로는 스트레스가 많으신 거라고 생각됩니다.

2016년 4월 8일 금요일
어머니를 요양원에 모신 이후 나들이는 처음이라 걱정이 됩니다.
15일에 시간 내어 당일치기로 다녀 올 계획입니다.

2016년 4월 11일 월요일
어머니 편안하시네요.
지난 토요일 철호 형네가 다녀왔습니다.
이번 주말은 우리가,
다음 주는 큰누나네가 계획 중입니다.

2016년 4월 15일 금요일

어머니 모시고 첫 나들이 나왔어요.

나주 집에 가보자고 하시네요.

지나갈 때마다 눈에 들어오는 수많은 풍경들….

그 풍경들 하나하나에 어머니는 일곱 살 아이보다도 더 설레어 하십니다.

30여 분쯤 달려 동네 어귀에 이르렀는데 어머니가 좀 멈춰보라고 하시네요. 몹시 들떠서 마을을 바라보고 있는 순간, ○○댁이 우리를 알아보고 가까이 오셨어요.

운전석 제 쪽으로 오시더니만 반가움과 아쉬움이 섞인 목소리로 말씀을 하십니다. "아이고, 이 사람들아…. 아이고…. 아이고…. 언제까지 그렇게 살거여? 그 좋은 집 놔두고…. 왔으면 하룻밤이라도 자고 가…. 세상 꼭 그렇게 살 일 만은 아니여!"

저는 "네에, 네에" 하면서도 무참해집니다.

그리고 또한 이 순간이 몹시 불안했습니다.

그 양반의 진정어린 걱정에 어머니도 흐트러지실 것만 같아서….

고개를 돌려 어머니를 보았습니다.

아무 말씀이 없는데 미소인지 경련인지 알 수 없는 표정을 지으시고는 가자고 하시네요.

"아가, 나는 암시랑도 않다!"라고 하시면서….

한때는 과수원이었던 집 앞의 터를 어머니와 함께 서 있노라니 만감이 교차하네요.

55

많은 이야기를 해주시면서,

"늬 형, 누나들은 공부헌다고 객지 나가 부렀응께 잘 모를 것이다.

오늘 내가 해주는 이야기들 늬가 좀 전해라" 하십니다.

형, 누나들도 다 아실 내용일 건데….

여튼 어머니의 말씀과 추억, 그리고 제 추억을 버무려 그대로 전해 드립니다.

「거의 50여 년 전, 아버지가 보증 빚을 정리하고 나주에서 비아로 이사했다. 거기서 2년 정도를 살았는데 재기에 성공하지 못한 탓에 초라하게 다시 고향으로 돌아왔다.

보증의 잔인함이 그때까지도 고향에 여전히 남아 있었다.

본채를 뜯어내어 그 자재로 재술이네가 집을 짓고 우리는 본채 자리가 덩그러니 빈 채로 아래채의 허름한 곳에서 몇 년을 그대로 살았다. 담도 허물어진 채로 살았다. 담이 없으니 바깥과 우리의 공간 사이는 가려짐이 없었다.

마루도 없어 방문이 처마 바로 아래에 있는 형상이었다.

어릴 적 다른 집들의 밤풍경은 어땠는지 모르겠지만 우리의 그것은 너무 멋졌다. 그 모습은 불을 끄고 잠을 자려 할 때 한 번은 보게 되는 막차! 가림 없는 초라한 집이 내게 주는 정겨운 장관이었다.

어쩌다 새벽잠에서 깨면 운 좋게 첫차도 볼 수 있었다.

기차 머리에서 뿜어져 나오는 엄청 밝은 가늘고 긴 부채꼴 직선 불빛이 창호지로 된 방문에 쏟아진다.

담이 없으니 기차의 강한 불빛이 창문에 직사(直射)된 셈이다.

창호지 문에 쏟아진 불빛은 그림자를 앞세워 놓는데 그 풍경은 흑백 영화보다도 더 장엄하고 웅장하다.

영상이 창문에 소리 없이 등장하면 곧 이어서 기적소리가 점잖은 울림을 내 보낸다. 철로는 저 멀리 산기슭을 돌면서부터 우리 집 창문을 향해서 직선으로 뻗어오다가 우리 집에서 1.5km 정도 떨어진 지점에서 심하게 굽어져 있다. 따라서 기차가 산기슭을 돌자마자 불빛 속의 물체들은 그림자가 되어 우리 집 문에 도깨비처럼 갑자기 나타난다.

그 후 기차가 직진하는 순간의 영상은 거의 정지된 듯도 하고 구름처럼 둥둥 떠다니는 것처럼 보이기도 한다.

그러다가 곡선 지점에 다다르면서 점점 속도는 줄어들고, 그 지점이 끝나면 불빛 각도가 벗어나기 때문에 그림자는 바람처럼 싸악 사라져간다. 불과 십여 초 정도의 시간밖에 안되는 풍경이지만 많은 세월 동안 반복된 것이어서인지 몹시 인상적이고 선명한 기억으로 남아 있다.

문에 항상 등장하는 것은 우리집 과수원 탱자나무 울타리 가시다.

창호지문 자체가 묵지(墨紙) 캔버스여서인지 기차 불빛이 그려 낸 가시 묵화는 담백하고도 묵직했다. 묵화는 이상하게 기적소리까지도 그대로 빨아 머금어 간직하고 있는 것 같았다.

화폭을 다 차지한 가시의 맨 몸은 무수히도 얽히고설켜 무정형과 정형 사이를 넘나들었다. 특히 잎사귀가 다 떨어지고 가시만 남아있는 겨울철의 모습이 더 그랬다. 또 가시의 억세고 촘촘한 영상은 묘한 기분을 자아낸다.

신기하고 멋지고 아름답다가도 나중에는 기괴함으로 마무리된다. 검은 가시는 보이는 이미지 그대로 강인함과 잔인함도 은막위에 토해 낸다. 영상이 사라지면 그 모습은 없어지지만, 머릿속에 자리 잡은 가시의 독기스러움은 기억의 조각으로 남아있다. 그 잔영들이 희미해져 갈 때쯤 내 눈꺼풀은 무겁게 내려앉았다.

잠은 맛있었다. 꿈은 달기도 했고 쌉싸름하기도 했다. 신나기도 했고 아찔하기도 했다.

아침부터 좀 전까지의 일들이 꿈속에 모두 엉켜있기 때문이다.

또 꿈은 내일의 리허설이기 때문이다.」

추억 속에서 깨어난 한참 후 어머니와 저는 집 뒤쪽의 감나무 밭으로 향했습니다.

누나들

> 엄마가 너무 보고 싶다. 승아*야~~~ 너희 두 사람 너무
> 고생했다. 참 잘했다. 조심해서 올라 오거라. 고맙다.

＊ 승아: 저자 나병승을 일컫는 말

2016년 4월 16일 토요일

어제 일정이 힘이 드셨는지 초저녁부터 주무셨고, 지금도 오침 중이시랍니다.

2016년 4월 18일 월요일

어머니가 나주 집을 다녀 온 후에 모든 것을 잊어버리시겠다며
몹시 좋아하십니다.
나중에는 잠도 한번 자고 오자고 하시네요.
날이 따뜻해지면 그렇게 하자고 했어요.

지난 금요일까지 약간씩 불그튀튀했던 피부가 나들이 후에 싹 가셨다고 간호사님이 신기한 듯 말하네요.

어머니가 아무래도 스트레스가 쌓이면 피부가 그리 되나 봅니다.

누나들

> 아~ 정말 엄마의 마음을 너무 몰랐나 싶구나!
> 진짜 우리 승아가 생각할수록 너무 잘했다.
> 사진 속에 보이는 막내 올케의 모습도 엄마 마음과 통해 보인다.
> 고부간임에도 자연스러움이 묻어나 보이기에 그냥 고마웠단다.
> 소식 줘서 고맙다. 사랑해! 내 동생

2016년 4월 19일 화요일

간호사님이 작은 형수님과 통화가 안 된다고 저한테 전화했네요.

어머니가 외출 다녀오신 후 잠을 편하게 많이 주무시며 몹시 안정되셨다고 합니다.

내과 병원에서도 안정제 투여량을 줄이기로 하였으니 알고 계시랍니다.

그러면서 몹시 좋아하네요.

2016년 4월 20일 수요일

어머니가 이런 저런 말씀 중에 "멀어서들 자주 오겠냐? 나도 다 안다"라고 하시네요.

자식들이 보고는 싶은데 현실은 쉽지 않고….

상황을 다 아시긴 아시나 봅니다.

큰누나가 30일, 옥희 누나가 그 다음 주에 갈 예정이니 일정에 참고
들 하세요.

> 누나들
>
> 더 찡~하다.
> 넌 다음 예정이 언제야? 작년에 엄마가 거기를 어버이날 전날 가
> 셨는데….
> 아~~~ 나는 이번 어버이날 내려 갈 수 있어.
> 〈시댁모임〉은 시어머님 생신 모임으로 갈음하자고 하는구나.
> 너도 장모님 계셔서….

2016년 4월 22일 금요일

어머니 걍 고만고만 하십니다.
여전히 스트레스가 있으신지 피부가 또 약간 불그스레 하다네요.
귓밥이 막혔는지 내일 병원에 가실 예정입니다.
편안하시다고는 하네요마는….

2016년 4월 23일 토요일

오늘 어머니는 작은 형수님과 함께 왕인 박사 유적지에서 몹시도
즐거운 시간 보내셨어요.

> 누나들
>
> 우리 엄마는 복이 많으시다.
> 효자 아들, 효자 며느리들 땜에….

2016년 4월 25일 월요일

어머니가 또 주말을 기다리시네요. 큰누나네가 주말에 오시는 걸 아신 것 같아요.

파마 약이 강하므로 파마 안 하시는 것이 좋겠다고 간호사님이 귀띔해줘서, 어머니께 말씀드리니 어떻게 알았냐고 몹시 웃으셨어요.

이래도 좋고 저래도 좋다고 하시면서 이젠 안 하신데요.

2016년 4월 27일 수요일

어머니 고만 고만하십니다.

어버이날은 철호 형네가 가네요.

옥희 누나네가 중순 경, 큰형네는 말일 경….

자식들이 바빠서 주말마다 가는 것이 쉽지 않다고 말씀드리니 "그렇지, 그렇지" 하시네요.

2016년 4월 29일 금요일

오늘은 어머니가 피곤하신지, 힘이 드시는지 다른 때와는 달리 활기가 좀 없어요.

2016년 4월 30일 토요일

큰누나네가 요양원에서 좋은 시간 보내셨다고 합니다.

철호 형도 가서 어머니를 뵈었는데, 얼굴뿐만 아니고 등에도 발적이 생긴 것을 확인해서 대상포진으로 진단하고 주사 처치하였다 합니다. 지속적으로 치료를 받으셔야하니 고생이 많으시겠지만,

이것도 좋은 자식들을 가진 어머니의 호강(?)이시네요.
이렇게라도 억지로 무리해서 현 상황을 아전인수식으로 생각해야
제 마음이 조금이라도 후련해집니다.

2016년 5월 2일 월요일

어머니가 청력이 떨어지시는지 소통에 좀 답답해하시네요.
피부가 다 나았다면서, 걱정 말고 얼른 들어가라고 하시면서….
그런데 기력이 좀 약해지신 것 같아 제 맘이 좀 어지럽습니다.

> 누나들
>
> 통화는 했다.
> 어머니한테 다녀오니 마음이 무겁다.

2016년 5월 4일 수요일

간호사님이,
어머니가 자식들이 온다고 하면 자식들에게 좋은 모습만 보이고 싶
으셔서 며칠간을 준비하는 등 긴장이 심해지시니,
누가 오실 때 당일에 알려 주셨으면 한다고 말씀하시네요.
백 번 옳은 소리라고 대답했습니다.
어머니와는 밝고 가볍게 통화 했어요.

2016년 5월 8일 일요일

어버이날이네요.

어머니는 철호 형네와 즐거운 시간을 보냈습니다.

형네 두 분 고마워요.

제가 함께 못해서 죄송 또 죄송합니다.

2016년 5월 9일 월요일

"어제 어버이날인데도 못 갔네요"라고 하니,

"뿌덕뿌덕 오라고 안한다. 서로들 잘 있으면 되지야!"라고 하네요.

목소리는 맑으셨고…. 혹시 전화 하실 분들은 화, 목요일에 하세요.

혼선도 피하고 나머지 날은 제가 규칙적으로 통화하고 있으니까요.

제가 자주 전화 드리지만 다른 자식들이 궁금할 때가 있으시나 봅니다.

2016년 5월 11일 수요일

어머니와 간단히 통화한 후에

A 간호사님 말씀이

이런 저런 약을 복용하고 계시는데 좀 지쳐가는 기색이 보여 약간 조절하고 있으니 참고하라고 하십니다.

목 부위 발적은 심심하면 나타난다고 하네요.

스트레스 받아 그러신 것 같다고 하니까,

요즘은 편하게 잘 계신다고 걱정하지 말래요.

어디가 좀 아프셔도 자식들한테 알리지 말라고 하니 통화 시 모른 척 해주라네요. 옥희 누나네가 17일에 간다고 간호사님께만 말씀드렸어요.

2016년 5월 13일 금요일 오전

어머니 운동하시기 전에 가볍고 간단하게 통화했어요.
가끔은 가볍고 간단한 것이 좋을 때도 있네요.

2016년 5월 13일 금요일 오후

요양원에서 어머니를 전화로 연결해 주었어요.
오늘은 어머니가 좀 컨디션이 안 좋으신가 봐요.

당신이 언제까지 여기에 있어야 되는 거냐고 다짜고짜 물으십니다.
제 가슴이 철렁해 지면서….
"오래 계시면 저희들은 좋지요"라고 계면쩍게 말씀드렸더니 "느그
덜 때문에 이 감옥 같은데서 내가 계속 있어야?"라고 하시는
데 제 가슴이 또다시 철렁해부네요.
시골 교회에서도 해야 할 일도 많고, 외갓집도 가서 9남매의 장녀로
서 챙겨봐야 할 일들이 한두 개가 아닌데 이게 뭐냐고 하셔요.

순간 황당해집니다.
당신이 지금 누구를 걱정하고 있을 처지냐고요.
어머니 때문에 모두가 좌불안석인데….
그래도 토를 달면 역효과가 생길까 봐서,

"언제 시간 내어 꼭 가봅시다. 모두 다녀와야죠"라고 말씀드리니,
"그러지야? 언제 올 거냐?"라고 하셔서 빠른 시일 내에 가겠다고

하니 알았다고 하면서 끊으셨어요.

자식들 땜에 현실을 받아들이기는 하시지만 가끔씩 가슴 속에서는 울덕증이 생기시나 봅니다.

나주 집이나 외갓집을 가보는 것 외에는 거기 프로그램 등에 만족이 안 되시나 봐요. 이럴 땐 한번씩 훌훌 털고 다녀와야 하는디요.

옥희 누나가 곧 간다고 말씀 드렸으면 좋겠는데 간호사님은 될 수 있으면 말하지 말라고 하니 뭐가 답인지?

언제 진지하게 물어봐야겠어요.

2016년 5월 14일 토요일

간호사님과 통화는 못했지만,

아침에 어머니와 우리집 온 식구가 돌아가면서 통화했어요.

어머니에게 희망이 있어야 될 것 같아서 17날 누나가 간다고 말해버렸어요. 몹시 좋아하시네요. 이왕 완벽하게 대처하지 못 할 거면 미리 말씀 드리는 것이 좋은 것 같아요.

2016년 5월 16일 월요일

옥희 누나가 어머니 뵙고 귀가했는데 예상 밖으로 평화로우셨다고 합니다. 걱정 많이 했는데 사랑스런 우리 어머니!!!

2016년 5월 17일 화요일

어머니한테 전화가 왔어요.

"너희들이 힘들까 봐 자주 안와도 되고, 전화도 뜸해도 괜찮을 것 같아서 그러라고 했는데, 너무너무 보고 싶어야! 전화 좀 자주 해주라. 그리고 언제 안 오냐?"고 하십니다.

이제부터는 매일 전화 드리겠다고 했어요.

그리고 자식들 모두 보고 싶어 하시니 매일 돌아가면서 전화 드리겠다고 했어요.

평일에는 모두 바쁘니 주말마다 누군가는 꼭 가겠다고 하니,

"그럴래? 그래라!" 하십니다.

잠시 후 A 간호사님이 1층 사무실로 전화해서 바꿔달라고 하지 말고, 평일에는 자기 핸드폰으로 하면 좋을 것 같다고 하네요.

그리고 혹시 가능하면 어머니 핸드폰을 받는 것만 풀어 드려도 좋을 것 같다고 하니 일단 참고들 하세요.

2016년 5월 17일 화요일

작은 형수님이 어머니 핸드폰 살려서 이번 주말에 갑니다.

2016년 5월 18일 수요일

어머니와 즐겁게 통화했습니다

주말에 작은 형수님이 갈 거라고 하니 너무 좋아라 하시네요.

2016년 5월 20일 금요일

어머니 목소리가 오랜만에 밝으셨어요.

"내가 속으로 꼭 하고 싶은 말이 있었는데, 그렇잖아도 전화 잘 했다" 하시길래 뭐냐고 여쭈니까, "내일 늬 형수가 오지? 홍어 좀 사

67

왔으면 좋겠어야"라고 하십니다. 형수님께 전달하겠노라 말씀드렸
더니 "가게에다 말하면 뼈도 칼등으로 반상반상 조사중께 그렇게 허고, 거기 초장이 맛있응께 그것을 꼭 얻어다 주라" 하시네요.

어머니 핸드폰 살리려고 동분서주하고 계시는 형수님한테 홍어 챙
기시라는 말씀드리기가 참 부담스럽네요.

형수님! 죄송합니다.

그래도 어머니가 작은 형수님 오신다니까 이런 식욕도 생기시나 봐
요. 한편으론 기쁘기는 하네요.

형수님이 핸드폰 살리려고 왕고생하고 계시네요.

분실신고 처리되어 있어서 뭐가 복잡하게 얽혀 있나 봐요.

> **형수님들**
>
> 어머니께서는 원래 드시고 싶은 것 정확하게 말씀하시니
> 오히려 좋아요.
> 고민 없이 시장 볼 수 있으니 걱정 마세요.
> 어머니가 드시고 싶은 것 뭐든지 해드릴 수 있어요.

2016년 5월 21일 토요일

제가 어머니한테 핸드폰으로 전화 드리니까 너무 맘에 드신가 봐
요. 홍어가 참 맛있다고 하시네요. 모두가 고마우신가 봅니다.

형수님이 요즘 너무 고생 많으셔요.

2016년 5월 21일 토요일

핸드폰 덕에 어머니가 굉장히 안정되신 것 같습니다.

목소리도 힘이 있고 밝으시네요. 당분간 고만고만하실 것 같으니 이 단체 문자 전달 생략해 보겠습니다. 제 문자 메시지가 오히려 형·누나들께 요란 덩어리일 수도 있으니….

2016년 5월 24일 화요일

어머니가 핸드폰을 머리맡에다 놓고 통화하니까 참 좋다고 하십니다. 운동 열심히 하시라니까, 자식들이 걱정 안 하도록 그렇게 하겠노라고 하셨어요.

큰형네가 주말에 온다면서 좋아라고 하셔서, 형이 수박 사갈 거라고 하니, 몹시 웃으시며 "그런다디야?" 하시네요.

제가 전화하는 시간은 집에 계셨을 때처럼 아침 예배 전인 매일 아침 7시 20분입니다.

그땐 통화하지 마세요.

> **누나들**
>
> 엄마가 자식같이 좋은 것이 어디 있겠느냐고 하며 몹시 좋아하신다.

2016년 5월 26일 목요일

어머니 4등급 확정되어

이 요양원에 계실 수 있답니다.

우리 사정을 많이 고려하였답니다.

2016년 5월 29일 일요일

큰형네가 어머니 뵙고 방금 귀가하셨습니다.
며칠 전부터 설렘으로 형네를 기다리시던데 소원 푸셨겠지요.
식사량이 좀 줄어든 것 같더랍니다.

우리 닭들은 착한 것 같은데 지들끼리는 잔인하네요.
자기 만족을 채우려고 다른 녀석에게 해꼬지를 합니다.
힘없어 보이는 한두 녀석을 계속 찍어대니까 항문이 헐어 가네요.
주로 먹이 때문이라 사료를 충분히 주는데도….
먹이가 해결되면 평화로울 줄 알았는데..,
지렁이 간식 가지고도 다투네요.
삽으로 흙을 파면 지렁이가 몇 마리씩 나오는데,
한 녀석은 낚아 채가고,
제 입에 못 넣은 녀석은 이미 목구멍 속으로 삼켜버린 녀석을 뒤쫓
아가서 찍어버리고….
닭들의 세상도 사람 세상과 다를 바가 없는 건가요.

2016년 5월 30일 월요일

다음 주 당일치기로 어머니 모시고 외갓집이랑 집에 다녀 올 계획
입니다. 오늘따라 통화 중에 할 말이 얼른 생각나지 않아서 어머니
한테 걍, 제 호를 우리 동네 이름 '평산(平山)'으로 정해 보았다고 하

니까, 어머니가 매우 만족해하십니다.

"참말로 좋다. 평산!
외할아버지 호는 '을산'이셨어야.
너도 알지?

할아버지는 을산, 너는 평산, 을산 평산, 을산 평산, 이산 저
산, 이산 저산…"
참 좋다고 하시면서 한참을 장단에 맞춰 흥얼거리시네요.

어렸을 적 외할아버지 성함이 알고 있는 것과 달라 이유를 여쭈니,
할아버지께서 '호'에 대해서 이런 저런 말씀해 주시대요.
그러시면서,
"할아버지는 세상의 을이란다. 보통 사람들을 흔히 을이라고 부른
단다. 동네 이름 없는 뒷산에 '을'자를 붙여 호를 정했단다"라고 하
시대요. 갑이 갑질하는 이 세상에 그 말씀이 유난히 크게 들립니
다. 일제 강점기 시대에 얻은 옥고의 고초를 평생 안고 사셨던 분
이….

2016년 5월 31일 화요일
이번 주 수요일은 작은 형수님, 주말은 화영 누나네 다음 주말은 우
리가 어머니한테 갑니다.

72

이제는 상당히 커진 달구가 지렁이나 작은 벌레를 제일 좋아하는 거 같아요. 자기들이 잡거나 제가 잡아서 던져 주면 좋아 날뛰며 씹지도 않고 삼켜버립니다.

담장 아래쪽으로 마당 구석을 여기저기 돌아다닐 수 있도록 울타리를 쳐서 넓혀 주었지요. 끊임없이 쪼아 대며 잡초를 깨끗이 해결해 주네요. 잡초해결사가 따로 없습니다.

이런 저런 과일들…, 채소들…, 마당이 작은 복합농장 같아요.

누나들

와~~~!!!
너의 집 사진 정말 멋있다. 진~~짜~~~ 저절로 행복한 큰 웃음이 나온다.^^^!!! 네 옆에 있는 사람들이 다 행복하겠다.
자기들도 모르는 힐링이 일어나고….
ㅎㅎㅎ 네 마음 그릇과 삶을 대하는 태도가 느껴져서 뿌듯하구나!
이 사람이 내 동생인 것이 자랑스럽고^^^ 고마워!

나

나도 가끔씩 부지런한 내가 뿌듯해질 때가 있어…. 조금만 몸품을 들이고 살면 이렇게도 풍성해….

누나들

ㅎㅎㅎ 맞아. 네가 어렸을 때부터 부지런하고 그 부지런함을 가지고 다른 사람을 도와주고 행복하게 해줬었지~! 그 부지런 부지런 부지런함……

엄마랑 30분 통화했다. 그 정도 말씀하신 것이 충분했는지 애썼다 하면서 끊어도 될 것 같다고 하신다.
엄마가 하고 싶은 말이 많으신데, 진즉 좀 흡족히 들어드릴 걸……. 늘 중간에 끊고, 끊고 한 것이 몹시 후회된다.

나

어머니가 이런 심정(?)적 배출이 절대 필요한 것 같아요. 또 누군가 들어줘야할 필요도 있는 것 같고…. 세상 쉬운 것 같은데 그것 하나를 제대로 못해 드린 것 같네요….

2016년 5월 31일 화요일

철호 형이 차츰차츰 2주일에 한 번씩 가는 것으로 노력해 보자고 합니다.
엄니를 위해서,
그곳 환경 등을 위해서,
우리 모두를 위해서…….
이번 주에 화영이 누나가 다녀오고 나면 다음 주에 제가 가서 어머니한테 잘 말씀 드려 보겠습니다.

누나들

전화로 목소리 자주 듣게 되었으니 가능할 것 같기도 하다.
네가 말씀드리면 충분히 받아들이실 거야. 늬네 집 파란 잎사귀만 봐도 좋구나.
고맙다.

2016년 6월 2일 목요일

전화 드리니,

오늘 저어기 먼데로 나들이 가니 목욕을 하시겠답니다.

몹시 밝으시네요. 요양원에서 어디 나들이 행사가 있나 봐요.

닭 키우고 텃밭 가꾸는 생활을 하고 있으니 너무 좋은 점으로,

아침에 일찍 일어나지네요.

그러면서도 잠이 쪼들린다는 생각은 들지 않아요.

마당 여기저기에 있는 풀 좀 뜯어 썰어서 모이에 비벼 줍니다.

풀을 썰 때, 그 냄새가 참으로 좋고도 좋네요.

내 어릴 적, 내 고향의 냄새!

2016년 6월 5일 일요일

어머니는 오늘 화영 누나네랑 오붓한 시간을 보내고 계십니다.

명선이가 어머니 계신 곳이 대통령 사는 곳 같다고 하니까 어머니가 너무 좋아 하셨답니다.

항상 오늘만 같으면 좋겠습니다.

2016년 6월 10일 금요일

어머니가 내일 외갓집이랑, 집이랑, 두 작은 집이랑, 남산 큰집이랑 다 둘러보고 오자시네요.

당신이 가신다면 소문이 좌악 날건데 어디는 가고 어디는 안 가면 서운해 할거니 모두 들리자고 하시네요.

아직도 당신이 세상의 중심??? ㅎㅎㅎ

쥐포가 먹고 싶으니 쥐포 좀 사다 주라고 하시네요.

누나들이 쥐포를 몇 봉 사다 드렸는데, 주위 분들과 나눠 드시니 부족했을 것 같답니다. 어머니가 많이 못 걸으시는 것 같다네요.

2016년 6월 11일 토요일

여기저기 다니느라 강행군을 했습니다.
나주 집으로 돌아오니 먼 여행을 다녀 온 듯이 약간 나른하네요.
휴식 차 풀밭에 앉아서 흙냄새를 맡고 맑은 공기를 마시고 있어요.
뒷 터의 감나무는 여전히 잘 자라고 잘 있네요.
아버지가 심어 놓으신 감나무,
감은 크기만 했지 맛은 하나도 없던데,
어머니는 조청처럼 달다고 지금도 입맛을 다십니다.
그 모습을 보고 있으니 또 만감이 교차하네요.

언젠가 이 감나무 때문에 어머니와 좀 다투었지요.
많은 인력으로 퇴비 뿌리고, 영양제 주고, 농약 치고, 전정하고…,
어머니는 이것 때문에 얽매이시고….
경제적으로 따지면 수백만 원 정도 투입해서 약간 수확하여 자식들에게 한두 박스씩 택배 보내주고 나면 그것이 모든 것….
토질이 문제인지 아니면 너무 과하게 가꾸어서 그런지는 모르겠지만 나무도 강해 보이지 않아요.
백여 그루가 되던데 일이십 박스나 재대로 수확하는지 모르겠어요.

그래서 저는 베어 버리자고 했고,

어머니는 마치 보물처럼 애지중지 하셨고….

몇 년 전 휴가 중에 집에 갔는데 어머니가 다시장 * 에 있는 농약가

게를 다녀오자고 하셨지요.

영양제라고 하는데 작은 종이 봉지 속에 들어있는 분말가루로 된

약이더라고요.

이것이 감나무 보약이라면서 어머니가 마치 농약가게 주인보다도

더 신이 나서 저에게 설명을 하셨어요.

저는 몇 봉지만 사면 되는 줄 알았는데 의외로 많이 사자고 하시네

요. 토를 달다가 포기하고 그냥 샀지요. 오래 두고 사용할 수도 있

으니까요. 집에 가져와서 몇 개 뜯어 뿌려 댔지요. 영양제라고 해서

건성건성…. 어머니도 합류하시네요. 오늘 사 온 것을 다 뿌려줘야

된대요.

해도 너무 하신다 싶었지요.

어머니를 설득하기 시작했습니다.

영양제는 적당히 해도 되고…. 실제로는 안 해도 되는 거고…. 경제

적으로도 배꼽이 배보다 크겠다고 하면서, 자식들도 요즘 많이 힘

들다…. 뭐 이런 정도의 토를 달았던 것 같아요.

옛날에는 이보다 더한 정도의 토를 많이 달았던 것 같은데 그때는

---

* 다시장: 전라남도 나주시 다시면 동곡리에서 열리는 오일장

저를 토닥토닥 잘 달래셨고 또 제 말이 맞다 싶으면 수긍하셨지요.

그런데 제 말이 떨어지기도 전에, 그렇게도 다정하셨던 분이 갑자기 "늬가 그렇게 옹졸하고 조잔한 사람인 줄을 인자 알아부렀다. 워메 자식이라는 것이…. 늬 아부지가 이 나무를 어디서 사온 줄 아냐? 좋다고 소문나서 충청도까지 가서 사온 것이여! 이 나무가!"라고 하시고는 얼굴이 창백해지시면서 철퍼덕 땅바닥에 주저 앉아버리셨습니다.

지금 생각해보면 이런 것들이 어머니에게 문제였던 것 같아요.
사람들과도 그와 비슷한 유형의 것들 때문에 끊임없이 다투셨고….
그래서 사람들은 어머니가 치매라고 하고,
우리는 꿈에서라도 인정하지 못했고….
어머니가 더 안쓰러운 것은 다른 사람들을 무참하게 해버리는 바람에 모두가 여전히 허우적거리고 있는데 당신 홀로 금방 헤쳐 나오시는 거여요. 당신에게는 아무 일도 없었던 거지요. 아니면 그런 것은 당신에게는 아무 것도 아닌 게 된 것이지요.
그 해 가을에도 우리 집에 감 한 박스를 보내셨어요.
우리도 4그루나 있어서 처치하기 곤란하던 중이었는데….

세월이 흘러 어머니가 이렇게 되시니까 이제야 알게 되네요.
"어머니, 그 감 정말 정말 맛있는 감이어요!
조청보다도 더 달디 단 감이어요!"

오늘 많은 사람들….

모두 뵙고 오니 짐을 부려버린 듯 홀가분 하시답니다.

2016년 6월 13일 월요일

5시에 저녁 식사를 하고 쥐포를 오물오물 드시면서.

"참 한긋지고 좋다"라고 하시네요.

악조건을 벗어나면 다 해결될 것 같더니만….

편히 계셔도 안쓰럽네요.

다음에 외갓집 가면 오래 좀 있다가 오자고 하십니다.

누나들

> 엄마 야윈 모습을 보니 좀 그렇다.
> 너희 부부 너무 애썼다. 그리고 진심으로 고맙고….
> 고생했다.

2016년 6월 14일 화요일

아침 예배 잘 보셨냐고 여쭈니,

앞으로는 "잘 드렸어요?"라고 표현하라면서 "예배는 보는 것이 아니라 드리는 것이란다. 말을 잘 골라 쓰면 자기 신분이 올라가는 것이여"라고 하시네요. 식사 후 이런 저런 생각을 하고 있었다고 하시면서, 특히 철호 형이 이러이러한 병원을 차려 멋지게 재기했으면 좋겠다고 하시는데, 당사자인 철호 형보다도 더 세

부적인 구상(?)을 하시네요. ㅎㅎㅎ

말씀을 아주 많이 하시는데, 얼마 전까지는 그만 좀 하셨으면…. 했는데 언제부턴가 가만히 듣고 있으니 즐겁네요.
"네, 네" 하면서
"그러지요, 그러지요…" 하면서,
한참 어머니 말씀을 듣고 있으니 제가 '힐링'이 되는 것 같아요.

오늘 아침 제가 제일 즐거웠던 것은,
어떤 말씀 중에, "너 지금 내 말 뜻을 알겠냐?
정신 차리고 잘 들어 봐라이…" 하시면서
선생님처럼 오히려 저를 체크하시면서
잘 이해하도록 조근조근 말씀을 해 주신 것이랍니다.

2016년 6월 17일 금요일

"다들 잘 계시지야?"라고 물으셔서,
그냥 장난 좀 치려고 저도 객지에서 혼자 살고 있다고 하니까,
"아, 그러지야"라고 대답하십니다.
"어머니도 혼자, 철호 형도 혼자, 저도 혼자…. 모두들 혼자 살고 있네요. 왜들 이렇게 외롭게 혼자들 살고 있을까요?"라고 말하며 하하 웃으니까,

"그래도 주님과 함께 있으니 절대로 혼자 있다고 외로워하지 마라.

불꽃같은 눈동자로 기도드리고 있으니 걱정 말고 힘차게 살아라"고
하시네요.

한참 통화하다가 출근시간이 가까워져 다음에 통화하자고 하니까,
그러겠노라고 하시면서도
"아침 예배가 아직은 4분이나 더 남았어야"라며 아쉬움이 묻어나는
목소리입니다.

2016년 6월 20일 월요일
핸드폰이 있어 누워서 받을 수 있으니 참 좋다고 하십니다.
운동 많이 하셔야 된다니까 새벽 5시부터 일어나서 하고 있으니 걱
정 말라고 하시네요.

7월 10일 큰누나네랑 화영이 누나네랑 단체로 다녀올 계획입니다.

언제 안 오냐고 하시기에,
20일 후에나 갈 거라고 하니까,
"워메 그렇게나 오래야?"라고 섭섭한 목소리.

다시 3주만 기다리면 된다고 하니,
"오냐, 알았다. 모두들 바쁜데 자주 오겠냐?"라고 하시고요.
20일보다는 '3주'라는 말이
숫자가 적어서 듣기에도 더 좋은지 목소리가 밝아지셨습니다.

2016년 6월 22일 _{수요일}

오늘은 목소리가 밝으셔서
"건강하시죠?"라고 여쭈니,
"아문, 여기서 저기서 이렇게 잘 해주니 안 건강하겠냐?
그래도 언제 어쩔지 모르니 사람은
항상 입을 조심해야 한다. 입을" 하시네요.

2016년 6월 24일 _{금요일}

지금은 어머니에게도 평범한 시간인 것 같아요.
제가 보기엔, 무료함(외로움)을 힘들어 하기도 하시지만 이제는 조
금은 다스릴 줄도 아십니다.

엊그제 큰이모네 해숙이 누나에게 보고 싶다고 오라고 해놓고,
그게 부담을 준 것 같다 하시며 마음에 좀 걸린다고 하시네요.

"늬 형수한테는 말 할 것도 없고……"라고 하시면서….

2016년 6월 27일 _{월요일}

아침부터 통화가 안 되어 직원에게 물어 보니, 핸드폰을 방에다 두
고 윷놀이 중이시라네요.
요즘은 여러모로 감사, 감사….

왕따 당한 달구 녀석 두 마리를 며칠 전에 떼어놓았다가 상처 부위

가 완쾌되어 원 위치 시켜 놓으니, 기존 녀석들이 또 해코지하네요.
그래도 다행인 것은 수컷이 중간에 잽싸게 끼어들어 경찰 노릇을
톡톡히 하고 있습니다.
해코지한 녀석들에게 한 쪽 다리와 날개를 쭈욱 내밀어 펼쳐 보이
면서 경고하듯 이상한 행동으로 일순간에 평정을 해버리네요.
우습기도 하지만 몹시 듬직합니다.

암컷들은 조그마한 구멍이라도 있으면 나들이(?) 가는데 수컷은 묵
묵히 제 자리를 지키고 있어요.

2016년 6월 28일 화요일
7월 10일 누나들이랑 간다고 말씀드리니,
좋아라하시며 달력에 표시하십니다.
"그 날이 소서구나"

작을 소(小,) 더위 서(暑)……. 꼬마 더위….
더위가 시작되는 날이네요.
어머니 상태도 좋은 것 같고 아직은 소서가 아니어서 요즘이 딱 살
기 좋은 때 같네요.
제 말 맞죠?

2016년 6월 30일 목요일
시간이 흘러가는 것만큼 어머니가 그 영향을 제일 많이 받으신 것

같습니다.

장롱 속 가방 안에서 핸드폰이 울려도 그것이 벨소리라는 것을 잘
모르시나 봅니다.

계속 통화가 안 돼 걱정되어 B 간호사님과 통화 후 해결했는데,

기분이 좀 언짢아지네요.

수화기에서 소리가 다 들리고 있는데,

B 간호사님은 큰 소리로

"어머니가 요즘 깜빡깜빡해서 받을 줄을 모른다"고 하고,

어머니는 "벨소리가 나고 있는데도 간호사님이 지금 핸드폰을 못찾
고 헤메고 있다"고 탓하시고……

가끔씩 전화 안 받으시면 이런 상황인 줄 아시면 됩니다.

어머니가 탄력이 좀 떨어지신 것 같기도 하고요……

이천십육년

칠월 ~ 십이월

2016년 7월 2일 토요일

형수님이 많이도 다니시건만 이번에는 누구누구가 또 오느냐고 습관처럼 물으시네요.

10일 큰누나네, 화영 누나네, 철호 형네, 제가 가는 것도 꼽고 계시고…. 머릿속은 조금씩 조금씩 엉켜지시는 것 같고….

제가 연락병으로서 상황을 최대한 무심하게 전달해야 하는 것을 알면서도 형제들의 마음을 무겁게 해드리는 것 같아 좀 거시기 하네요….

> 누나들
>
> 아니야…. 네가 보내주는 소식이 있어서 상황을 인지하게 되어 너무 고맙지~ 여러 가지로 애쓴다. 고맙고 또 고맙다.

2016년 7월 4일 월요일

날짜 개념이 많이 떨어지셨어요.

"오늘이 며칠, 무슨 요일이냐? 10날은 몇 번 자면 되냐?"를 자주 물으십니다. 이번 주말 행사는 비가 오더라도 그대로 추진합시다.

2016년 7월 5일 화요일

제 핸드폰 벨이 울려 번호를 보면 가끔씩 어머니 번호네요.

어머니 전화가 발신은 안 되는 것으로 알고 있는데….

갸웃하지요. 반갑기도 하지만 '무슨 일이 생긴 건가?' 당황스럽기도 하고요. 받으면 아무 소리가 없어요.

다시 전화를 드리면 "반갑다. 아무리 해도 안 되드마는…"
하면서 좋아하시네요.
수신만 되었으면 좋겠다고 바랬던 우리가 너무 한 것은 아닌지….
대책이 없는 줄은 알면서도…, 몹시 헷갈리네요.
이번 주말에 가서 발신도 되는 것인지 확인해 봐야겠어요.
"여기저기 많이 좀 다녀오자"고 하시던데…….

2016년 7월 7일 목요일

오랫동안 전화를 안 받으시기에 끊었더니 곧바로 어머니가 전화를
하셨네요. "누르시라"는 직원 목소리가 옆에서 들리긴 하던데….
누가 가르쳐 주니까 아시는 건지?
아니면 요령을 터득하신건지?
여하튼 모자간 소곤소곤… 속닥속닥…….
재밌게 통화 했어요.
"몇 번 자면 되냐?" 물으시기에,
세 밤 남았다고 말씀 드렸습니다.

2016년 7월 9일 토요일

큰누나네와 셋째 누나네 식구들과 김천 집에서 즐거운 시간을 보냈
어요. 한 가지 아쉬운 것은 동네가 과수원 천지인데도, 거기서 놀고
쉬면서 과일도 따며 시간 좀 보낼 곳이 없어서 참 아쉽네요.
들어가서 좀 놀자고 주인한테 말하기도 이상하고요.
누나들도 과수원의 추억을 몹시 떠올리시던데….

어머니한테 내일 간다고 말씀드리니까 몹시 좋아 하시네요.

2016년 7월 10일 일요일

어머니와 교회 예배 후 외갓집 나들이 나왔어요.
재미가 쏠쏠,
헤어짐에 쓸쓸…….

언제부턴지 모르겠는데 어머니 표정이 몹시 슬퍼 보여요.
특히 눈동자가 더….
어머니의 눈동자를 보는 것이 몹시 힘들어 지네요.

언젠가 외삼촌 말씀대로 자식들이 많은데도 이렇게 생활해야 하는
당신의 처지가 얼굴에 그대로 나타나시는 것 아닌가 싶어 더욱 움
츠러듭니다.
집사람한테 이야기 하니 치매성 환자의 전형적인 표정인 것 같다
네요. 거기 계신 노인들과 이야기도 즐겁게 하시고 재미있게 지내
시라고 말씀 드리면 "말을 해 볼라고 해도 나 같은 사람은 한
사람도 없어야! 다들 이상해야!"라고 하시네요.
어머니가 너무 젊으신 걸까요?
아니면 다른 분들도 어머니를 그렇게 보실라나요?

2016년 7월 12일 화요일

며칠 전 치과병원을 다녀오신 어머니의 치아에 대하여 몇 사람에게

설명을 들었어요.

손을 봐도 치매 환자는 관리를 잘 못하시고,

또 치료 과정도 걍 만만치 않고…, 등등.

그래서 저는 속으로 '어머니가 너무 늙어 버리셔서 치료가 의미가 없나보다'고 생각(이해)하고, 옛날에 할머니의 홀쭉한 얼굴 모습을 쓸쓸히 떠올려 보았습니다.

그저께 외갓집 오가는 길에, 어머니가 남의 말 하듯 뭔가를 말씀하셔요.

한참 후 서울에 올라오면서야 당신의 이빨에 관한 것이었음을 이해했고, 지금 생각해 보니 자식들 이것저것 고려하여 말씀을 빙빙 돌려서 하신 것 같아요.

그리고 당신이 그렇게 언질을 주셨어도, "얼른 이빨 고칩시다"라는 말을 못 들어서 당황하신 것 같아요.

다음날 여느 때처럼 그냥 전화를 드렸는데 "자식들이 이빨 좀 해주십사 기도하고 있었다"고 하시네요.

그러면서 "아가, 이빨 좀 해주라. 너무 답답허다. 씹어서 좀 먹고 싶다"고 하시네요.

"그러셔야죠! 그러셔야죠!"라고 했었죠.

오늘 아침에 전화 드리니 "하느님 고맙습니다. 우리 막둥이가 해준답니다"라고 하시면서 당신이 세상의 복은 다 받아버린 것 같답니다. 제가 해드리는 것이 아니고 자식들 모두가 하는 것이라고

말씀드리니까, "그걸 모르겠냐?"라고 하시네요. ㅎㅎㅎ
간호사님께 전화해서 이만저만하더라도 어머니는 꼭 하셔야 될 것 같다고 말씀 드렸습니다.
곧 시작하겠다고 하네요.

> 누나들
>
> 아~ 그러셨구나.
> 잘 이겨 내실거야. 잘 됐다.

2016년 7월 13일 수요일

어머니의 판단력 같은 것은 큰 차이를 못 느끼겠는데,
날짜나 요일 개념은 현저히 떨어지시네요.
21날 제가 간다고 통화 할 때마다 말씀 드렸는데도 처음 들은 것처럼 반응하시고, 제가 21날이 며칠 남은 건지, 무슨 요일인지 물으면 대답을 못하고 오물오물 하고 계시네요.

2016년 7월 13일 수요일

발치 하셨다네요.
에구…, 몹시 답답하셨나 봅니다.
무섭다던데…….
몹시 홀가분하신가 봐요.
형수님 통장에 자금이 좀 충전되어 있어야 할 것 같기에 형편대로 보내셔요. ○○은행….

2016년 7월 14일 목요일

발치 후 상태가 궁금하여 전화 드리니,

"밥을 아주 잘 먹었다"라고 하시네요.

그래도 계속 지켜봐야 할 듯…….

누나들

그래~~~ 엄마랑 통화했다.

저녁 간식 맛있게 드셨다고 걱정 말라고! 행복하다고! 하신다.

네가 일일이 연락해 주니 너무 좋다. 고맙고….

2016년 7월 14일 목요일

어머니가 전화하셨어요.

목소리를 듣고 싶어서랍니다.

당분간 병원에 다니셔야 하고 밥 대신 죽을 드셔야 한다네요.

그래도 너무 좋다고 하십니다.

요양원도 맘에 든다 하시고….

2016년 7월 15일 금요일

아침에 통화했는데 몇 분 후 전화 하셨어요.

"목소리도 듣고 싶고, 세상의 좋은 소식도 듣고 싶어서"라고 하시네

요. 병원에 언제 또 가느냐고 저에게 묻기에,

간호사님께 알아보니 다음 주 목요일이랍니다.

2016년 7월 16일 토요일

"며칠간 뻘크덕덕헌 죽만 먹응께 이상해야.
상추 한 바구니에다 밥 좀 먹고 싶다고 하니
사람들이 웃더라.
너희들 덕분에 이렇게 편하게 있으니 참 좋다"라고 하시네요.
이제 어머니가 여유를 좀 가지시는 것 같으니 참 좋네요.

2016년 7월 18일 월요일

"너희들이 우애를 잘하고 사니 참 좋다"하시기에,
"어머니가 잘 키워주셔서 그렇지요"라고 하니,
"너희들이 잘 따라 주어서 그래야"하시네요.

2016년 7월 19일 화요일

된 밥 먹으니 맛있다고 하시네요.
목요일 3시쯤 병원에 가신답니다.

2016년 7월 20일 수요일

내일은 치과도 가고, 자식도 보니 좋은 날이라고 기뻐하셔요.
오후 늦게 잠깐 뵐 예정입니다.

2016년 7월 21일 목요일

다음 주 화요일 또 한 개 발치 예정입니다.

오늘 실밥 빼고 영산강변에 있는 석관정에 바람 쐬러 왔습니다.
어머니 한자 실력이 상당하시네요.

'重建紀念植樹 1999年 4月 4日. 11,12,13代 國會議員 李ㅇ根'* 중
에서 '식수' 두 글자 빼놓고 다 읽으셨어요.
이백여 미터 정도의 멀지 않은 걸음이셨는데 피곤하신지 석관정 정
자 바닥에서 제 무릎을 베개 삼아 누우려고만 하시네요.
그러면서 자식들에게 '지혜'와 '지식'과 '명철함'을 주시라고 중얼중
얼 거리십니다.
큰형이 다음 주에 들릴 예정이랍니다.

> 누나들
>
> 아멘! 잘됐다!
> 엄마 머릿속이 아픈 것 같아서….

---

* 重建紀念植樹 1999年 4月 4日. 11,12,13代 國會議員 李ㅇ根: 중건기념식수 1999년 4월 4일.
  11,12,13대 국회의원 이ㅇ근

2016년 7월 22일 _{금요일}

전화가 왔어요.

무슨 일이시냐고 물으니, 버튼을 잘 못 누르셨는지 전화 안 했다고
하시더니만 이리 왔다 저리 갔다 상당히 두서가 없으시네요.

이미 지나간 일들인데 앞으로 있을 일처럼 기다리고 계시고….

어제 석관정 정자에 누우시려던 이유를 오늘 알았어요.

힘도 힘이지만 평형감각도 떨어지시나 봅니다.

어머니가 "그 아시라히 높은 곳까지 올라가서 뿌듯하기도
했지만 너무 무서웠어야"라고 하시네요.

강물은 먼 곳까지도 시야에 들어오지만 고작 뒷마당 높이의 언덕
위 정자였었는데….

> **누나들**
>
> 아~ 그러시구나~ 그렇잖아도 엄마 모습이 많이 상하신 것 같아
> 서 마음이 아렸어. 상황을 말해줘서 고맙다.

나

> 언제까지나 좋기만 하시겠어요? 그래도 무표정하거나 휑하
> 게 굳어져 가시다가도 가끔씩 우리를 보고 행복한 웃음을 지
> 으신다면, 짧으나마 그 시간만큼의 나쁜 시간을 지워드릴 수
> 있는 거겠죠?

2016년 7월 23일 _{토요일}

형수님한테 온 문자내용입니다.

「어머니께서 요양원 생활에 익숙하신 듯…. '이렇게 좋은 세상이 어디 있겠냐?'
라고 하시는데 정말 그리 생각하시는 것 같아요.」

우리 희망대로 정말로 그래 주셨으면 좋겠습니다.

2016년 7월 25일 _{월요일}

대화 내용이나 수준은 점점 고만고만하게 변해가는 것 같은데,
A 간호사님 말로는 어머니 상태가 좀 불안하다고 합니다.
예를 들면 기억력이 떨어지고, 전화벨 소리가 이불 속에서 들리는
데 가방 속만 뒤지신답니다.
다음 주 정도에 병원에 들려 당분간 끊었던 치매 쪽 처치를 받을 계
획이니 가족들도 알고 계시라네요.

요즘 피부 발적도 있으신 것 같답니다.
어머니는 여전히 자식들 목소리만 들려도 좋아하시기만 하고,
별 것 아닌 것에도 정상인보다 더 정확하게 의미 부여도 하고 그러
시는 것 같은데….

2016년 7월 26일 _{화요일}

"석관정 꼭대기 올라가서 봉께, 물도 넘실거리고….

오메, 거기서 떨어져 불면 즉사해 불 것더라.
이제사 무섬증이 없어진 것 같아야.
오메, 그렇게도 무서웠을끄나?
그래도 내가 신앙심이 깊고 강단이 있응께 끝까지 갔다 왔제,
못가고 중도에 돌아와붓으믄 얼마나 찜찜했겄냐?
갔다 와버리니 이렇고도 홀가분허고 좋아야"라고 몇 번이나 말씀하
시네요.

어머니 모시고 다음에 또 갈 수 있으려나?
가면 중간까지만 가야하나?
절대 가지 말아야 하나?

"늬가 언제 오냐? 오늘 오냐? 낼 오냐?" 하시네요.
편히 계시면 누군가가 꼭 갈 것이라고 하니,
"알았다. 이런 것이 우애 아니겠냐?"라고 하시네요.
오늘은 치과에서 또 하나 발치,
또 다음 주는 지정 병원에서 치매 쪽……
치료 여정이 참 잔인하네요.

2016년 7월 27일 수요일
무슨 이야기를 하다가 어머니가 우리들을 칭찬하시자,
"어머니가 대단하셔서 그런 거지요!"라고 하니까,
머뭇머뭇하다가 웃으면서

"그 정도로 해두자!"라고 하십니다.

입에서 말이 얼른얼른 잘 안 나오나 봐요.
이빨 아프냐고 여쭈니,
"약간 이만저만 하다만 옛날에 대겠냐?"고 하시네요.
얼굴 피부 빨개진 것은 어떠시냐고 물으니,
"완전히 나은 것은 아니지만 괜찮다"고 하시네요.

"괜히 석관정에 힘들게 갔었노라"고 하니,
"그래도 얼마나 좋았냐!"라고 하시네요.

이런 저런 자식들 안부도 물으시고….
이럴 때는 너무 건강해 보이시는데….

2016년 7월 28일 목요일
큰 고비는 지난 것 같으니 이 아파도 잘 참아내시라니까,
"못해서 가심 아픈 것에 대겠냐?" 하시네요.
"우리 효자, 효녀, 효부들….
늬들 덕분에 이렇게 좋고 편안하게 있다.
외할아버지 공덕이 무엇보다도 크시다만…"을
되풀이 하면서 편안해 하시네요.
어머니가 그런 곳에 계시는데, 다른 사람들 들으면 자식들이 면목
없어지니 '효자'라는 말, 하지 마시라고 하니

"어떻게 함께 살 수만 있었냐? 각자 살고 있는데서 잘 살면 최고 좋은 것"이라고 하시네요.

이번 일요일은 애들이랑 요양원, 외갓집, 나주 집, 다녀옵니다.

다음 주는 큰형네가 갑니다.

> 누나들
>
> 정말 엄마! 할 말이 없게 하시는구나.
> 고맙다. 늬들이 여러 가지로 마음 써주니 고맙다.

2016년 7월 28일 목요일

일요일에 함께 점심 먹자고 말씀드렸었는데 A 간호사님한테 전화가 왔습니다.

"점심을 드시긴 했는데 오늘 밥 드시지 말고 기다리시라고 했다는데…. 혹시 오늘 저녁에 오시느냐?"라고 묻네요.

어머니가 시간 개념이 제일 혼란스럽나 봅니다.

간호사님도 어머니가 다른 분들보다도 그런 부분이 좀 빨리 진행되는 것 같다고도 하시네요.

기본 체력도 좀 약하시고….

하지만 어머니에 대한 저의 옹고집인가?

제 생각에는 그것도 이상하게 느껴지지가 않아요.

'88세'를 감안한다면….

앞으로 점점 평면적 수준의 대화가 필요하겠어요.

어머니보다도 우리의 훈련이 더 필요한 거죠.

(핸드폰을 잃어버려) 3일 만에 핸드폰을 접합니다.

어머니는 월요일 치과 치료 받고 18일부터 일주일 간격으로 신경치료 받으신답니다.

형수님이 사 온 홍어를 걸신들린 듯이 급하게 드시기에 너무너무 놀랐는데….

그렇게도 좋아하시네요.

홍어 홍어 하시기에,

(치아도 안 좋으실텐데….)

그냥 하시는 말씀인 줄 알았어요.

어머니 사진은 특별한 경우가 아니면 안 보낼께요.

철호 형이 그 사진을 보노라면 너무 맘이 무겁다네요.

어머니 눈이 너무 슬퍼서…….

'삶의 무게에 등이 휠 것 같다'던 노래 가사처럼,

집안의 많은 것들을 무겁게 짊어지고 있는 우리 철호 형!

누나들

많이 드시고 싶으셨구나.
파마를 하면 사진이 더 나아 보이실 텐데….

2016년 8월 2일 _{화요일}

간호사님이 오늘 어머니와 지정 병원에 들렀답니다.

그동안 어머니가 너무 심해서(야단스러워) 약을 거기에 맞춰 복용하였으나, 이제는 가라앉으신 것 같고 또 치매 진행도 고려하여 적절하게 약을 타왔답니다.

처음에는 어머니가 이런 약 복용하시는 것 땜에 마음이 아팠는데, 당뇨나 혈압 높은 사람들이 몇 년간을 약을 먹으며 사는 거와 같은 것이라고 생각하고 이젠 조금이나마 무심해지려 노력합니다.

우리집 수확물과 마당 전경입니다.

> 누나들
>
> 우리 승아만이 만들 수 있는 별장을 만들어 놓았구나.
> 이런 사람이 엄마를 품고 사랑하니 너를 통해서 엄마가 힐링이
> 되시는구나 싶다. 기분 좋은 아침이다. 고맙다, 내 동생!

2016년 8월 3일 _{수요일}

전화를 드렸습니다.

"오늘 오냐?" 하시기에,

편히 계시면 누군가는 갈 거라고 했습니다.

아침, 저녁으로 전화 드리는 것이 좋은 것인지?

오히려 조급하게 해드리는 것인지

참, 잘 모르겠습니다.

이번 주 서울 집에 가면 제가 키운 닭이 낳은 계란과 우리집 토마토로 '시홍스지단탕(토마토 계란탕)'을 만들어 볼 계획입니다.
중국 음식인데, 웰빙음식일 것 같아서….
맛있으면 제 18번 요리로 등극시키려고요.

2016년 8월 4일 목요일
"상추쌈 좀 했으면 좋겠다"고 하셔서,
큰형수님이 된장이랑 챙긴다고 했어요.
어머니 목소리를 들으면 힘이 솟아난다고 하니까,
어머니도 그런다고 하시네요.
이제 들어가 쉬시라고 하니까, 아쉬워하면서도 그렇게 하시네요.

2016년 8월 5일 금요일
아침 목소리가 몹시 힘이 있으시고 20여 분 동안 온갖 말씀을 하십니다.
많은 덕담들….
많은 칭찬들….
지난 주말, 어머니랑 철호 형네랑 나들이 갔었죠.
여기 저기 드라이브 다니는데 곳곳이 모두 그림처럼 아름답다고 하십니다. 어느 산 아래 마을 정자에서의 짧은 휴식이 지금도 꿈처럼 아롱아롱 하신다네요.

요양원에 계신 분들이 상추 같은 야채들을 좋아 하시나 봅니다.
(가뭄 또는 비 때문에) 엄청 비싸다고들 알고 계신답니다.
그래서 더 귀하게 여기시나 봅니다.
얼마 전에 좀 친하게 지내는 분한테 약간 얻어 드셨나 봅니다.
이번 주에 우리 아이들이 상추 사 올 것이니 좀 주겠노라고 하셨다
네요.
"그것이 뭣인디 이렇게도 먹고 싶으끄나.
누렁 된장에 한 바구니 정도 먹었으면 좋겠어야"
어머니가 이렇게 말씀하시네요.
형수님 많이 사 가셔야 될 것 같습니다.
누렁 된장도 꼬옥….

어머니가 다른 분들과도 좀 친해지신 것 같아 참 좋네요.

2016년 8월 8일 월요일

상추를 원 없이 드셨다고 하십니다.
"늬 큰형이 들어 오길래 아조 깜짝 놀래 부렀다. 너무 너무 좋더라"
고 하시기에, 알고 계시지 않았느냐고 하니까,
"잊어 부렀지" 그러셔요.
여튼 이것저것 모든 것이 좋다고는 하시네요.
이런 저런 말씀을 하시면서,
"내가 했던 말 하고 또 하고 그러지야?"고 하시기에,
그래도 재밌다고 하니 웃으시네요.

이왕 하는 대화 단순해지지 않도록 이것 물어보고 저것 물어보고 해야겠어요.

> **누나들**
>
> 엄마가 기억이 더 어려워지시나 보다. 너무 안쓰럽다.

2016년 8월 9일 화요일

아침에 통화하면서 걍, 남산 신광 당숙모 돌아가셨냐고 물으니, 그에 대해서 엄청 설명하시네요.

창주, 철주, 오롱굴 사는 뚜껑네, 목포 달메기, 길자 고모까지….

평소 어머니 당신을 귀히 여기신다는 철주 당숙 안부까지…….

누구누구는 잘 있는지 꼭 확인해서 알려 달라고도 하시고…….

뚜껑네는 아기가 많이 죽던 시절이라 솥뚜껑에 아이를 받으면 안 죽는다고 해서 이름을 그렇게 지었답니다.

세월호 학생들 이야기도 하시고..

석관정이 그렇게도 무서웠으나 끝까지 참아 내며 올라갔으니 인간 승리 아니겠느냐고 하시면서….

이 이야기 저 이야기 하시다가 느닷없이 다른 이야기를 하시는데 기가 막히게 연결을 잘 시키시네요 ㅎㅎㅎ….

2016년 8월 10일 수요일

어제는 치아 신경치료를 하셨습니다.

아팠으나 참을 만하셨답니다.

누나들

다행이다. 아프셨을 텐데….
잘 참아 내셨구나.

2016년 8월 11일 목요일

치과 치료와 더위, 식욕부진 등으로 기운이 빠지시는지 순간순간
말씀을 버벅거리시네요. 두유 열심히 드시라고 강조했습니다.
간호사님도 전화 열심히 해서 지금 상황을 가볍게 이야기하는 것이
좋겠다고 하네요.
기억력이 현저히 떨어지셨으니 자존심 안 상하시게….

2016년 8월 13일 토요일

노인들에게 두유가 밥도 되고 약도 된다고 해서 택배로 보내 드렸
는데, 어머니가 나름 챙기고 싶은 사람들한테 돌리고 계시네요.
혼자 드셨으면 좋겠던데….
아무튼 이것도 나름 다행인 것 같아요.
어머니가 아직은 괜찮다는 신호니까요.
어제 통화할 때는 상태가 좀 우려되더니만 오늘은 나름 힘이 있으
시네요. 책임지고 두유 하나만이라도 안 떨어지게 노력할게요.

2016년 8월 15일 월요일

어머니와 일상의 통화를 합니다.
몇 가지 이야기를 반복하시지만 목소리 듣는 것만으로도 행복하네

요. 오늘이 광복절이라 그러시는지 갑자기 "대한독립만세를 부른 나라는 이 세계 나라 중에서도 우리나라 밖에 없단다. 그러니 하느님이 우리나라를 얼마나 사랑하시겠냐? 인자는 좋은 일만 있을 것이다"고 하시네요.

우리나라는 우리가 직접 싸우고 부딪혀서 나라를 되찾았다고 항상 말씀하시는 것이 이런 맥락인가 봅니다.

외할아버지에 대한 존경과 긍지가 남다르신 듯합니다.

2016년 8월 16일 화요일

오늘은 목소리가 좋아요.

"언제 안 오냐?" 물으시네요.

간호사님이 말하기를, 기억력이 떨어지면 보고도 금방 잊어버리고 다시 보고 싶어 한다고 하네요.

2016년 8월 18일 목요일

어머니와 일상적인 통화를 했습니다.

덤덤한 것들이 좋은 거겠죠?

산란상에 매일 계란이 2~3개 씩 있어요.

깨끗한 물로 씻어 놓은 것보다도 더 깨끗하네요.

'순수'라는 개념을 실감하는 것 같아요.

2016년 8월 18일 목요일

A 간호사님의 전화를 받았습니다.

큰누나가 어머니와 대화를 하려고 하는데 어머니의 상태가 안 좋아 할 수 없이 대신 전화를 받아 주었다고 하네요.
어머니의 치매 속도가 빠르게 진행되는 편이랍니다.
누나가 몹시 마음 아파하시더랍니다.

치매를 확인하거나 정도를 파악하려면 다니고 있는 신경과에 입원해서 검사하면 된다고 하네요.
실행하려면 가족들의 의견이 필요하니 알려 달랍니다.

제 생각에,
이젠 안다고 해도 큰 의미도 없을 것 같고,
검사하다 보면 스트레스가 더 쌓이실 것 같고,
확인되면 우리들은 더 마음만 아플 것 같고,
치아 치료만으로도 버거우실 것 같고
차라리 편안하게 계신 것이 더 좋을 것 같아서 안하시는 것이 좋을 것 같습니다만, 대표로 큰누나께만 의견을 여쭈었습니다.
큰누나 의견을 듣고, 간호사님께 3~4년 전엔 의미가 있었겠는데 지금은 'NO'라고 대답했습니다.
A 간호사님이 더 잘 보살피겠다고 하네요.

어머니가 '먹는 치매'랍니다.
그런 치매도 있냐니까 그렇다네요.
치과 치료 등 여러 이유로 외출하면 이런 저런 먹을 것을 사달라고 하시나 봐요.

"그건 좋은 거죠?"라고 물으니,

"그나마 좋은 거죠"라고 합니다.

본인 어머니도 치매이신데 후회라도 안 되게 우리 어머니의 그런 요구가 과하지 않으면 최대한 들어주려 한다네요.

우리 어머니의 용돈을 최대한 활용하시라고 했어요.

2016년 8월 19일 금요일

이빨 치료 때문에 힘드시겠다고 하니까,

"그 무서웠던 석관정 꼭대기도 갔다 온 사람인데 그걸 못 참겠느냐"고 하시네요.

참 이상하세요.

낮디 낮은 석관정에 올라 간 것보다는 이를 빼고 치료하는 것이 훨씬 더 고통스러울 것 같은데….

힘들어 보이는 것은 잘 참아내시고….

아무것도 아닌 것 같은 것은 두려워하시고….

여튼 편안하시다네요.

노릇노릇한 삼겹살이 눈에 아른거린다네요.

형수님들

곧 사가지고 가야겠네요.

110

그걸 어떻게 가지고 갈까요···.
참! 홍어, 삼겹살 타령 하시기에, 이빨도 아플 것 같고 날씨도 더우니 좀 시원해지면 드시자고 하니까 "오늘 늬 형수가 가지고 온다"고 하셔요.
또 착각하시는 모양입니다.

2016년 8월 20일 토요일

덥지 않으시냐고 여쭈니,
괜찮다고 하시면서 좋다고 하시네요.

27날 옥희 누나네가 어머니께 간다고 하니 몹시 좋아라 하시네요.

2016년 8월 22일 월요일

별일 없이 그냥 편하게 통화했습니다.

2016년 8월 23일 화요일

목소리만 들어도 반갑다고 하시네요.
옥희 누나네가 주말에 간다고 말씀드렸는데도 처음 들으신 것처럼 반응하시네요. 까먹으신 건지?
반가워서 그렇게 반응을 하시는 건지?
후자였으면 좋으련마는···.

2016년 8월 24일 수요일

목소리가 밝으십니다.

물리적인 스트레스가 딱히 없어서 그러신 것으로 이해하면 편할 것
같습니다.

통화 끝나면 옆방 사람들한테 자랑하러 가겠노라고 하시네요. 무얼
자랑하신다는 건지….

그래도 어머니가 그러실 수 있는 것이 좋은 것이죠?

2016년 8월 24일 수요일

A 간호사님의 전달 내용입니다.

「지난번에 말씀 드린 대로 약을 약간 줄였더니 밤에 잘 안 주무시고 돌아다니십
니다. 오늘은 담당 의사 선생님과 상담 예정이고,

침대에 얼굴을 찧어서 약간 멍이 드셨습니다.」

2016년 8월 25일 목요일

자식들에겐 항상 "괜찮다!"라는 말이 어머니들의 표현 방식인가 봅
니다. 어제 얼굴에 멍들었다던데 안 아프시냐고 여쭈니 괜찮다고
하시네요. 6~7여 년 전 무렵, 지독한 독감을 앓으셨는데 그때도 안
부 여쭐 때마다 괜찮다 하시더니만 그 후로 아주 폭삭 변해버리셨
지요.

그 독감만 피하셨더라면 아마도 '늙음'이 몇 년은 지연됐을 텐데….

제가 살아오면서 어머니가 불편을 말씀하시는 것을 딱 두 번 듣는

것 같네요. 한 번은 얼마 전 '나주 집에 좀 보내 주라'는 것이었고,
또 한 번은 최근에 '이빨 좀 해주면 좋겠다'는 것입니다.
어머니 인생에서 괜찮지 않은 것들이 크던 작던 간에 두 가지 외에
도 수백, 수천 개도 넘었을 텐데도,
딱 두 가지만 표현하셔서 그것 밖에 기억이 없으니….
그 두 번 이라는 것도 나이 90을 눈앞에 두고서야….

형수님들

너무 안쓰러워 마세요.
멀리 떨어져 있으니 더 그러실 거예요.

2016년 8월 26일 금요일

아침에 밝은 목소리로 항상 하시는 말씀.
"오늘도 좋은 하루, 즐거운 하루, 기쁨의 하루가 되시소!"라고 하시
네요. 내일 옥희 누나네가 갑니다.

2016년 8월 27일 토요일

큰누나, 옥희 누나네와 즐거운 시간을 보내셨답니다.
몹시 행복해 하시네요.

2016년 8월 29일 월요일

어머니와 이런 저런 이야기 중,
"힘든 일을 이겨 내면 성공한다"라고 하시네요. ㅎㅎㅎ

2016년 9월 1일 목요일

어머니 목소리가 참 밝으셔요.

"애기들도 다들 잘 있지야?"라고 물으시기에,

그렇다고 대답하니,

"아이고 그노무시끼들…. 우리 보배둥이들…. 고 녀석들 낳아 줘서 너무 너무 고맙다" 하시네요. 수십 번을 들었지요.

특히 용준 녀석을 오랫동안 못 데리고 간 것이 자책이 되어 대학 시험 끝나면 같이 오겠노라고 말씀드렸더니 "그래라…. 그것에 매달려야지야. 인생을 아조 판가름 내 붕께! 판가름!"이라고 하시네요. 90을 한 두 해 앞둔 노인의 가슴에도 '대입시험'은 긴장 덩어린가 봐요. 아직까지도 돌이 되어 단단히 박혀 있나 봐요.

7남매 중 형과 누나들은 중·고·대학까지 입학시험을 치러야 했으니 거의 20여 년 이상을 매년 긴장 속에서 보내셨겠네요.

그 속에서 간댕이는 오그라지셨을거고….

2016년 9월 2일 금요일

그러잖아도 기다리고 있었는데 전화 해주니 너무 좋다고 하십니다.

목소리 들으니 힘이 나신다네요.

요즘 몹시 편하다고는 하시네요.

2016년 9월 6일 화요일

아침에 고추하고 상추에다 밥을 맛있게 드셨다네요.

이빨 공정이 힘은 드나 잘 이겨 내신답니다.

자식들 덕분에 편히 계신다네요.
이빨 안 아프시냐고 여쭈니 "한 번 남았는데(실제는 네 번 남음) 무척 힘들다야. 기도 밖에는 없는 것 같다. 너도 기도 좀 해주라. 그래도 아직까지 참았으니 더 참아 버려야지" 하십니다.

기도를 할 줄 모르는 아들에게….
기도 훈련을 시켜 보려는 것인지?
아파서 그러시는지? 둘 다 겠지요?
누님들께도 열심히 기도해 드리라고 전달하겠다고 했어요.
어머니 목소리 들으면 힘이 솟는다고 하니,
자식 목소리 들으니 어머니도 힘이 난다고 하십니다.

여름휴가 후 산란상을 들여다보니 닭이 알을 품고 있네요.
저 외에는 아무도 계란을 집어내오지 않아요.
그 틈을 타고 본능적으로 품어 버립니다.
15개 정도 쌓여 있네요.

2016년 9월 8일 목요일
어머니와 일상의 통화를 했습니다.

품고 있는 달걀 옆에 또 다른 달걀을 낳아 놓는데,
그것도 끌어다가 품어버리네요.

그러면 한꺼번에 부화를 못 할 건데….

2016년 9월 9일 금요일
요즘은 편안해 하십니다.
목소리 들으면 제가 힘이 솟는다고 하니 어머니도 그러시다네요.
금방도 너희들 보고 싶어서 혹시 전화가 오지 않나 기다리고 있었
다고 하십니다.

어머니가 예전과 다른 것은
"언제 오냐? 긍께 언제 오냐?"라는 말씀을 잘 안하신다는 거예요.
일단은 저도 좋네요.
적응이 잘 돼서 그러시는 건지….
혹시 내려 놓아버려서 그러시는 건지…. 어쩐 건지….
좋은 쪽으로 생각해야죠.
드러누워서도 발놀림을 열심히 하신다네요.
운동이 최고라고 말씀 드렸지요.

2016년 9월 11일 일요일
목소리가 맑고 통화 내용도 나름 앞뒤가 맞는 것 같아 참 좋네요.

2016년 9월 12일 월요일
너무 호사(?)를 누리시는 것 같아요.
형수님한테 또 홍어랑 포도 먹고 싶다고 하셨답니다.

형수님이 맨날 싸들고 다니기 힘드실 것 같네요.

형수님 미안!

형수님, 그나저나 저 번에 그 홍어 먹어 보니 아조 찰지고, 화~허
고, 쫀득쫀득한 것이 징허게 맛나기는 하데요.

유난히 입에서 살살 녹더이다.

어머니도 미안하신지

"내가 너무 많이 먹지야? 그래도 맛있어야" 하시네요.

2016년 09월 13일 화요일

한창 통화 중에 "복 많이 받으라"면서,

한 사람 한 사람 이름을 말씀하시기에,

네, 네, 하면서 거들어 드렸더니만

손주들, 며느리들, 사위들, 자식들,

작은집 조카들의 이름까지 구구단 속도로

'낭독'해 버리십니다. 어머니한테 우리 모두는

축복 덩어리들인 것 같아요.

2016년 9월 14일 수요일

지나간 일을 다가올 일로 알고는 궁금해 하시기에,

그 일은 잘 끝났다고 그동안 열 번도 더 말씀을 드렸는데,

오늘 아침에서야 "그랬대야? 내가 정신이 오락가락 해야!"라고

하시네요. 내일 또 물어 보실지도 모르겠어요.

여하튼 오락가락 한다는 당신의 정신 상태를 그렇게 표현하고 계시

는 것이 좋은 현상인지 어쩐 건지 몹시 헷갈리네요.

'미소방'이라는 방 이름이 참 마음에 드신다고 하셨어요.
세상에 웃음을 뿌려줄 수 있어서 더 좋다고 하시네요.

누나들

> 그러게~ 명절이라 아침에 전화 드렸더니, 그리 말씀하시더라. 그리고 "주일날 홍어가지고 며느리가 와서 함께 예배도 드릴 거라고 기다리고 있다"고 하셔서, 올케가 혹시 추석에 간다고 말씀 안 드렸을지도 몰라 추석이라는 말도 못했다. 추석을 모르고 계신 거라면 맘이 더 복잡해지실 것 같아서….

2016년 9월 15일 목요일

"철호 형네가 금방 다녀갔다. 맛있는 것 챙겨서 왔더라. 아조 좋다"
라고 하시네요. 오늘이 '추석'이라는 말이 이상하게도 입에서 나오
지 않네요.

형수님들

> 뵐 때마다 빠른 속도로 나이 드시는 모습에 속상했는데 이번에는 혈색이 좋으셔서 형이 저녁까지 있다가 왔어요. 기억력이 형보다 훨씬 좋으세요. 감탄….

2016년 9월 17일 토요일

좋은 일이 참 많았답니다. 아버지가 꿈에 보이셨나 봐요.

우리를 항상 보호하고 계시는 것 같다고 하시네요.

두 작은 집 많은 분들이 어머니가 좋아하셨던 모싯잎 떡을 해왔답니다. 그 분들이 요양원이 너무너무 좋다고 해서, 한껏 부풀어 계시네요. 큰누나랑 막내 이모님 일행이 말일 경에 다녀가신다네요.

2016년 9월 19일 월요일

"너희들이 여기서 저기서 찾아와 주니 너무나도 고맙다. 홍어가 이렇게도 맛있는데 다른 데서 온 사람들은 냄새 난다고 해야" 하시기에 형수님도 고생이 많으니 이참에 양을 좀 줄이면 좋겠구나 싶었는데, "아무리 그 사람들이 그런다고 내가 그 맛있는 것을 안 먹겠어? 안. 먹. 거. 어. 써.?" 하시네요.

자식들과 관계되는 것 외에는 감정이나 욕구 조절이 잘 안되나 봐요. 맛있는 것에 대해 집착도 심해지시고……

이런 류의 표현은 좀체 안하시던 분인데….

누나들

그렇게 맛있으실까? ㅎㅎㅎㅎㅎ

2016년 9월 21일 수요일

나중에는 횡설수설도 하시지만, 좋은 환경에서 신앙생활을 할 수
있어서 너무 좋다고 하십니다.
직원분이 어머니께 권사님은 소원이 뭐냐고 물으시니,
"사방에서 나를 찾아와 챙겨 주고 위로해 주니 더 이상 바랄 것이
없는 것 같다"라고 하셨다네요.
어찌되었든 편하시다니 좋네요.

2016년 9월 22일 목요일

힘이 생기시는지 말씀을 아주 많이 하시네요.
"복 많이 받아라!"고 하시기에,
일부러,
"어머니가 주시는 거죠?"라고 하니,
"하느님이 엄마한테 주시고 엄마가 자식들한테 주제!"라고 하시
네요.
아기가 엄마 뱃속에서 10개월을 있다가 세상에 나오는 것은 어마어
마한 것이라네요. 그보다 더 귀한 것은 아무 것도 없다고 하십니다.
사람은 말할 것도 없고 동·식물도 마찬가지라네요.
동·식물에도 귀가 달렸다면서 절대 그들이 듣기 싫어하는 소리를
하면 안 된다고 말씀하십니다.
식물에게 "너는 왜 그리 안 크냐?"
동물에게 "이노무 개새끼, 이노무 소새끼!"라며 함부로 대하
면 안 된다고 강조하십니다.

2016년 9월 23일 금요일

여기에 오래 있으니 답답하기도 하고, 시골 교회랑 외갓집도 가보고 싶다고 하셔서 그러자고 했어요.

교육원에서 교육 중인데 병아리가 부화되었다고 동영상을 보냈네요. 산란상이 1미터 정도 높은 곳에 있어서 떨어질까 걱정했는데 잘 오르내린다네요.

어미가 재주껏 도와주나 봐요.

2016년 9월 24일 토요일

"항상 좋은 소식만 전하고 살자.

이 달도 얼마 안 남았구나.

세월이 참 빠르다.

효도보다도 '우애'가 더 중요하다.

우애 없이 효도하면 아무 필요 없다.

남북 간에도 싸움보다는 평화통일을 해야 좋다"고 하시네요.

2016년 9월 25일 일요일

"이제 다 끝났고 도장만 찍으면 되는가 보드라.

안 아프고 좋다"고 하시네요.

실은 한 번이 더 남았다던데….

앞으로 이빨 때문에 고생 안 하셨으면 좋겠습니다.

2016년 9월 29일 목요일

어머니를 무작정 모시고 나왔는데 가 볼만한 곳이 얼른 생각이 나질 않았어요. 드라이브를 하다가 비아를 가보시겠냐고 여쭈니 몹시 좋아하시네요.

제가 5~6살 때 거기서 잠깐 살았던 것 같아요.

청년시절에도 꼭 가보고 싶어서 버스를 타고 막연히 가 보았는데 기동성이 떨어져서 그랬는지 동네를 찾지 못하고 돌아왔습니다.

이상하게도 우리 식구들 중에서 그 동네 이름을 기억하는 분이 없었어요. 동네 이름만 알면 찾기가 쉬울 텐데….

어머니도 '비아'라고만 아시더라구요.

기동성을 앞세워 출발했습니다.

내비게이션에 비아면사무소를 치니 나오질 않고 동사무소로 나오네요. 일단은 목표지점으로 삼았습니다.

어머니는 꿈속을 찾아가시 듯 좋아하십니다.

가는 길에 이런저런 말씀을 해주시는데 제가 기억하고 있는 것을 어머니도 정확하게 알고 계셔요.

오히려 제가 모르는 것 중에

어머니는 이걸 하나 더 알고 계시네요.

농장을 유지하지 못하고 되팔았는데 몹시 헐값에 넘겨 버렸나 봐요.

이유인 즉 슨,

그때 사러 온 사람이 어머니 초등학교 동창이었답니다.

그때는 교수가 되었고요.

흥정해야 할 사람들이 본론을 놔둔 채 구불구불 빙빙 돌았나 봐요.
그 과정에서 동창 분은 여유가 넘쳤을 것 같고….
그리고 그 양반 왈,
학교 선생님 딸이었던 어머니를 속으로 좋아했다네요.
"얼마나 내 속으로 창피했을 것이냐 이? 코 질질 흘리던 사람이…. 다 망해분 집에 땅 사러 와 각꼬!" 교수님에다가 우리
농장까지 사실 분인데 그 양반하고 결혼하시지 그러셨냐니까, "아무리 그래도 느그 아부지한테는 갔다 대도 못해야"라고 하시네요.
목적지는 도착했는데 도저히 옛날 우리가 살았던 동네 풍경을 찾을
수가 없을 것 같네요. 인근의 땅덩어리가 모두 거대한 성형을 거쳐
첨단 지구로 변해 버렸습니다. 어머니에게 하나도 보여 드리는 것
없이 발길을 돌렸습니다. 돌아가는 길이 좀 팍팍하네요.

비아는 내 추억 속의 유토피아였었는데….

어머니 말씀에 의하면 나주에 조그마한 과수원 하나와 논·밭 일부
만을 남겨놓고 재산을 정리하여 이곳에 일만여 평의 밭을 구입 했
었는데요.

제 기억에 그 밭은 길을 따라 매우 길쭉하게 생겼었죠.
어린 눈으로 보니 유난히 넓고 길어 보였는데 모양 때문인 것 같아
요. 밭 끝 무렵의 길은 약간 언덕져 보였으며 윤마차라고 하는 아저
씨가 말수레를 몰고 다녔지요.

마차와 함께 석양의 지는 해도 그 언덕 위를 넘어 다녔답니다.

서쪽 하늘과 우리 영역 경계선 끝이 마주 붙어 있어 그때마다 노을은 하늘뿐만 아니라 우리 땅도 붉게 물들여 놓은 것 같았지요. 그리고 서쪽으로 져가는 해는 세상을 까맣게 먹칠하기 전에 우리 땅부터 먼저 어스름으로 만들어 갔고…….

아버지는 그곳에 묘목을 심고 일부는 수박이나 담배 등 1년생 작물을 심으셨는데 인력 조달 방법으로는 시골 시장을 이용하셨답니다. 방을 써 붙이면 사람들이 몰려와 노동력을 제공하고 품삯을 받아 갔대요.

작업능률은 미미했고 지출은 가혹했고 농사일은 날마다 산처럼 쌓여 있었고, 하필 그 해 따라 장마가 20여 일 지속되어 남아 난 게 별로 없었다고 하네요.

아버지는 그렇게 고생하시고도 나주에 가서 또 고생길로 접어 드셨다네요. 낭만적일 것 같은 과수원 경영이 실제로는 그렇게 힘이 드나 봐요.

2016년 10월 1일 토요일

최근에는 컨디션이 아주 좋으신 것 같습니다.

여느 때처럼 인사말 나누다가 잠깐 사이 서로 할 말이 안 떠올라 어색해지려 하는데 난데없이 제가 "학생들이 봉사 와서 재밌게 놀아주고, 청소랑 깨끗이 해주나 봐요?"라고 먼저 말을 꺼냈어요.

"여간 재밌어야. 꽃도 채워주고, 노래도 불러주고…. 이제 남북통일이 곧 되겠더라. 아니 되부렀더라"고 하시네요.
"웬 통일이요?"라고 여쭈니,
가슴이 뭉클해지고 그렇게도 학생들이 다정하게 느껴지더라네요.

자초지종을 물어보니, 탈북 학생들이 봉사를 왔었나 봐요.

"북한은 '동무'라는 말을 쓴단다. 위, 아래도 없고 모두가 다 같다는 뜻인갑더라"고 하시네요.
그러고 보니 아직까지 어머니가 북한 미워하는 소리를 하시는 것을 들어 보지 못한 것 같아요.
우리나라를 발전시켰다고 박정희 대통령도 그리 좋아하시더니만….
이제 보니 어머니는 그냥 남·북 다 포함한 우리나라가 좋으신거네요.

2016년 10월 2일 일요일

치아가 이상하게 되어버렸다고 몹시 못마땅해 하셨으나 이해하기로 하셨습니다. 3일, 외갓집 가려고 한 것 없던 것으로 하고 큰형이 어머니 모시고 영산강변이랑 석관정에서 멋진 시간을 보내셨답니다. 어머니랑 내일 통화하면 목소리가 달라지시겠네요.

혼자만 흰색이어서 '계희'라는 이름을 지어 준 하얀 닭이 오늘따라 유난히 애처로워 보입니다.

병아리 보살피는 것에 올인하면서, 그동안 끔찍이도 모성애를 보이
더군요. 병아리가 활동성이 늘면서 틈만 나면 밖으로 빠져 나갔죠.
그때마다 계희는 점프해서 합류하네요.
닭의 점프 모습은 어떤 녀석이 언젠가 항문 찍히기 직전에 반사적
으로 튀어 나가는 것 외에는 그런 것을 본 적이 없었지요.
병아리들은 마당이 좋은 지 한동안 천방지축 돌아다니다가 누구에
겐가 물려서 모두 죽어 버렸어요.
보살필 병아리들이 없어진 계희는 이제 무리 속에 들어가 일상의
짓을 하고 있네요.
무심한 것 같기만 한 고녀석,
그래서 제 눈에는 계희가 더 넋 나간 듯 보이네요.

2016년 10월 3일 월요일

얼마나 좋으셨는지
어제 큰형이랑 평산, 금당굴, 남산, 나주 집이랑 여기 저기 즐겁게
다니셨다고 삼십여 분을 말씀하십니다.
항상 표현하시는 말처럼
"이게 꿈이냐 생시냐"
고 하시네요.

2016년 10월 5일 수요일

어젯밤부터 비바람이 몹시 불어댔지만 마음은 평온하셨답니다.

> **누나들**
>
> 그러셨구나. 감사하다.

2016년 10월 6일 목요일

큰누나네랑 좋은 시간을 가지셨답니다.
계속 좋은 소식만 전하고 살자고 하시네요.

2016년 10월 7일 금요일

이런 저런 말씀을 많이 하시네요.
알아야 면장을 하니, 책을 읽고 또 읽고, 보고 또 봐서 지식을 쌓으
라고 하십니다. 우리 애들한테도 항상 강조하라 하시네요.
당신이 이 만큼 아는 것도 성경책을 읽고 또 읽고, 보고 또 보았기
때문이랍니다. ㅎㅎㅎ

2016년 10월 8일 토요일

예전처럼 오라고 강요는 안하시지만, 자식들 생각이 많이 나시는가
봅니다. 전화 드리니까,
어디서 전화 안 오나 기다리고 있던 참이었다고 하시네요.

2016년 10월 11일 화요일

자식들 고생 안 시키려고 열심히 운동하고 계신다네요. ㅎㅎㅎ

가끔씩 자식들 전화가 기다려진다네요.

그런데 잘 계신다면서도,

갑자기 "언제 안 오냐?"라고 물으시면 몹시 난처해집니다.

너무 바빠서 얼른 시간이 안 난다고 하니까 "뿌덕뿌덕 오라는 소리가 아니여야. 그냥 언제 안 오는지, 오면 언제 오는 건지 물어보는 소리다"라고 하시네요.

요즘 우리가 좀 느슨해지나 봐요.

어머니가 적응을 잘 하시기도 하지만 여전히 자식들이 몹시 그리워지나 봅니다. 통화는 식사 전후가 좋겠네요.

2016년 10월 14일 금요일

A 간호사님이 말하길,

"피부 발적이 보이니 염색을 자제하는 것이 좋겠는데…"라고 해서, 어머니한테 여쭈니 어머니는 그럼에도 불구하고 염색하시는 것을 좋아하시네요. 어머니는 그렇다고 하시더라도 우리가 권하지는 말아야겠어요.

특히 누나들이요. ㅎㅎㅎ

2016년 10월 15일 토요일

식사 후 소식 기다리고 있었는데 딱 맞춰서 전화가 왔다고 좋아 하십니다. 통화가 몹시 길어진다 싶으면 얼른 핑계대고 마무리 하곤

하지요. 거기 생활을 그려 보고 있노라면, '길어지는' 것이 백번 이해가 되지요.

요양원 생활이 참 편하고 마음에 드는 것은 사실이나, 시골 교회 목사님의 오른팔 역할을 하다가 이곳으로 와 버린 것이 못내 아쉽다고 하시네요. 아무것도 아닐 일들이⋯. 이리도 어렵네요.

어머니는 '지혜'와 '명철'을 자식들이 항상 가질 수 있도록 항상 기도하십니다.

2016년 10월 16일 일요일

얼마 전까지는 "언제 안 오냐?"는 말씀을 습관처럼 하시더니만,
요즘은 "바쁜 사람들을 항상 오라고 하겠냐?"고 하시면서,
"전화만 해도 살 것 같애!" 하십니다.
통화가 너무 길어진다 싶으면 적당히 핑계대고 마무리 해주세요.

2016년 10월 21일 금요일

자식들과 통화할 수 있으니 좋으시다네요.
"바쁠 텐데 자주 올 수 있겠냐?"라고도 하시구요.
몹시 갈등하시는 것 같아요.
보고 싶어서 오라고 하고 싶기도 하고, 참아야 될 것도 같고⋯.

지난 달 교육 기간 중에 수거하지 못한 계란에서 병아리가 또 부화되었네요. 며칠 만 비우면 알이 쌓이고 알만 쌓이면 품어 버립니다.

2016년 10월 26일 수요일

생각들이 나름 정리가 되어있고 무탈하게 잘 계시는 것 같아 참 다행인 것 같습니다.

그래도 가끔씩은 좀 가물거리시나 봅니다.

아직까지 대 여섯 번은 더 들은 내용인데도

"이 말은 너한테 처음으로 한다. 왜 이 말을 하는지 그 뜻을 알겠냐?" 하시네요. ㅎㅎㅎ

형수님들이 건강하게 오래 사시라고 하셨답니다.

그러자 어머니 말씀이 "모세처럼 120살까지만 살려고 했는데 늬들이 그리 원한다면 125살까지만 살란다"라고 하셨대요.

우하하하하….

2016년 10월 28일 금요일

우리가 그렇게도 좋아했던 물고기찜을 어머니도 좋아하셨던가 봐요. 작은 형수님한테 물고기찜 노래를 부르시기에,

양동시장에 없어서 '다시장'까지 가서 물고기를 사오셨다네요. 어머니도 속으로는 미안하신가 봐요.

형수님 죄송해요.

그래도 제 맘이 쪼끔은 편안해지는 것이,

형수님도 그 찜이 무지무지 맛있었다고 하셨죠?

누나들

그러셨구나, 다행이다. 맛있게 드셨다니….
올케한테 고맙고 미안하고….

2016년 11월 2일 수요일

요즘은 날짜와 요일 개념은 물론, 말씀 내용도 참 좋고 일상적이시
네요. 처방 약이 좋은가 봐요.
어머니의 방 '미소방'도 좋은 것 같고요.

병아리가 한 마리씩 안 보이더니만 우연히 뒤 쪽 후미진 곳
을 가보니 몇 마리가 그물에 끼어 죽어 있었어요.
성장하면서 몸통이 커지니 통과하지 못하고 이런 현상이 생긴 것
같네요. 틈을 열어 주니 우르르 신이 나서 마당으로 뛰쳐나가네요.

2016년 11월 3일 목요일

우리 직원들한테도 '열심히들 사시라'고 전해 달라시네요….
ㅎㅎㅎ셋째 주 정도에 요양원에 갈 계획입니다.

2016년 11월 4일 금요일

'학생의 날'을 아시네요.
어제였다고 말씀하시는데, 이 생각 저 생각이 나시나 봅니다.

2016년 11월 14일 월요일

낼모레 외갓집 다녀오자고 하니,
"미리 전화해 둬야 될 것이다. 그래야 삼촌도 우리 가는 것 알지"라
고 하시네요.

2016년 11월 16일 수요일

외갓집서 점심을 정말 맛있게 먹고 왔어요.
어머니 식사 모습이 어렸을 때 딱 외할머니 모습이셔요.
외갓집서 2시간 정도 놀고, 읍내 가서 1시간 밥 먹고, 집에 가서 두
작은 어머니, 숙부, 사촌 동생들과도 1시간 정도….
너무너무 즐거운 시간을 보냈습니다.
어머니가 자주 이 코스를 애용하자고 말씀하시네요.
저도 참 좋은 것 같습니다.

외갓집도 외할아버지 계실 때와는 많이 달라졌네요.
특이했었던 잉어방죽도 메워져 버렸고….
어머니 말씀에 의하면 우리가 외갓집 갈 때마다 좋아했던 그 곳을
외할아버지가 퇴직 무렵 과수원이라고 만드셨다네요.
둘레에는 좁은 물길을 팠는데 그 안에는 잉어가 있었던지 '잉어방
죽'이라고 불렀네요.
그래서였는지 여느 과수원에 둘러쳐진 억센 탱자가시로 된 울타리
가 없었어요. 조그마한 공원 같은 느낌이 들었고 어린 눈으로 보아
도 굉장히 멋진 구성이었던 것 같습니다.

제 생각에는, 울타리가 없기 때문에 과수원 안에 있으면 바깥도 바로 이웃 같아 격리감이 느껴지지 않으면서도 연못으로 구획되어져 아늑하고 몹시 안정적이었죠.

외할아버지에게 울타리는 어떤 개념이었을까?
지금 생각해보니 알쏭달쏭하네요.
과일 서리가 심하던 시절,
건너려고 하면 물웅덩이 때문에 부담스러웠을 것 같고….
과일을 보호하기엔 너무 허술했던 것 같고…….

2016년 11월 22일 화요일
신문을 꼭 읽으라고 하십니다.
그래야 세상이 어떻게 돌아가고 있는지 알지 않겠느냐 하시네요.
저에게 해주시는 말씀이겠죠?
아니면 세상 어떻게 돌아가고 있는지 모르고 있는 어머니의 심정을 내비치는 것일 수도 있겠구요.

2016년 11월 24일 목요일
날씨가 추워지니 감기 조심하시라니까,
'미소방'이 몹시 따뜻하니까 걱정 끝!이라고 하시네요.

2016년 11월 28일 월요일
사실 요즘은 편안하고 무탈하신 것 같아서 참 느긋해지네요.

2016년 12월 6일 _{화요일}

추운 날씨에도 춥지 않고, 가만히 있어도 이런 저런 소식 알려주니
참 좋다고 합니다.
"여기가 이렇게 살기 좋은데 영애는 왜 안 오끄나?
같이 와서 형제끼리 살면 참 좋겠어야" 하시네요.

이모는 이숙 챙겨 주셔야 되기 때문에 지금 당장은 못 오실 거라고
말씀 드렸습니다.

어머니가 오래 계시면 영애 이모랑 같이 사실 수도 있을라나요?

2016년 12월 11일 _{일요일}

날마다 통화를 해도 할 때마다 좋으신지 이 이야기 저 이야기를 쉼
없이 하시네요.

"내가 이 말 허다가 저 말 허고, 저 말 허다가 이 말 허고야
이! …. 허고 또 허고, 허고 또 허고 있어야!"

그렇게 말씀하시는 어머니가 안쓰럽게 생각이 들다가도 저 스스
로를 위안해 봅니다. 살아오면서 다른 어머니들보다 우리 어머니
의 뇌가 처리해야 했던 것들이 좀 더 많아 과부하가 걸리신거지요
뭐!!!

누나들

우리 승아!!!
어머니 말씀이 드라마에서 나오는 대사 같구나.
그래~~~ 늬 말이 맞는 것 같다.
왜 거기까지 생각이 못 미쳤을까?
오히려 연민이 느껴지며 갑자기 이해가 돼!
승아야 고마워!

2016년 12월 13일 화요일

가끔씩 제가 직원 누군가에게 쉼 없이 수다를 떨고 있다가
문득 정신이 들어 '내가 웬 말이 이렇게 많지?' 생각이 들게 되면 얼른 마무리 해버립니다.
어머니도 전화만 드리면 옆 사람에게 이야기하듯 저한테 말문이 터져 버리시네요.
왜 이렇게 말이 많으실까?
몹시도 아니다 싶고, 안타까워 이 생각 저 생각 하다가 제 나름대로 결론을 내려 봅니다.
저도 수다를 떨고 있었던 때를 되돌아보면 그 대화 상대는 제가 속으로 좋아하는 사람들이었네요.
이 때문에 어머니의 말 보따리를 이해하게 되네요.
말씀이 길어지시면,
도중에 손님이 왔다든지,
회의에 참석해야 한다든지,

135

얼른 자장면을 먹어야 한다든지,

적절히 변명을 댑니다.

그러면 얼른 들어가라면서 끊으시네요.

제가 말했듯 자식들 모두가 어머니에게는 너무나도 좋은 사람들이

었겠죠? 심지어는 주위 많은 사람들도 마찬가지였을 테고요.

그래서 쉼 없이 이어지는 말씀들…, 수다들….

성탄절은 철호 형네가 어머니랑 함께 보내신다고 합니다.

형수님들

승아 도련님 문자를 받다 보면 한 장의 수묵 담채화를 보는 듯합니다. 억지로 멋 부리지 않아도 있는 그대로를 정말 담담하게 형제들한테 전하는 게….
큰자식은 큰자식대로 든든한 면이 있겠지만 노년에는 막내들이 참 좋은 것 같아요.
부모를 더 오래 보고 싶은 본능에서 일까요? 더 살갑고 따뜻하게 구는 게 든든하고 미덥답니다. 올해가 가기 전에 책 한 권 권할게요. 폴 칼라니티의 『숨결이 바람 될 때』입니다. 시간 나면 읽어 보세요. 죽음 앞에 조금은 담담해질 겁니다….

누나들

맞아 승아야! 정말 나도 그런 것 같아.
그만큼 네가 편하고 다 받아줄 것 같고 좋아서…!!! 이런 아들이 있어서 엄마가 행복하실거야~~~ 네가 있어서 나도 참~ 좋다.
사랑한다.

2016년 12월 20일 화요일

하루 전화를 못 드렸는데

"겁나게 오랜만이다. 많이 기다렸어야"라고 하시네요.

그러면서도 편하고 좋다고 하시네요.

이제 형들, 누나들이 적당하게 전화를 좀 드려도 분위기에 무리가

없을 듯싶어요.

크리스마스를 많이 기다리시네요.

철호 형네 온다고 설레시기도 하고….

2016년 12월 24일 토요일

통화 중에 갑자기 들 뜬 목소리로,

"오메 온다. 아이고 와야"라고 하시기에,

누가 오는 거냐고 물으니,

"늬 형수야. 철호랑 와야"라고 하시네요.

아~ 우리 어머니,

우리들은 나름 자주 뵈러 가고 있다고 생각하는데….

오랜만에 보는 것처럼 당신은 이렇게도 새삼스럽고 좋으실까….

2016년 12월 25일 일요일

전달이 꼬였는지,

"○○○가 온다고 해서 기다리고 있는데, 저녁이 다 되도 안 온다.

너무너무 막막하고 보고 싶어서 복도를 이리 저리 걷고 있어야.

그러던 차에 늬 전화라도 받으니 살 것 같다.

온다는 말을 안 하면 안 기다리는디,

온다고 했다가 안 오면 요로코롬 보고 싶어야"라고 하시네요.

어머니의 목소리가 약간 떨리시네요.

유념해야겠어요.

이럴 때는 우리에게 전화를 거셔야 되는데….

왜 안 하시는지, 못 하시는건지….

느닷없이 전화 하실 때도 많이 있더구마는….

누나들

> 아무도 못 간 거로구나. 어떡해!

2016년 12월 25일 일요일

다음 주 중에 나주 갈 일이 있어 엄니 뵙고 오려고요.

큰 형수님이 읽어보라고 권한 책인데, 인도계 미국인 신경외과 의사 폴 칼라니티의 『숨결이 바람 될 때』입니다.

'죽음' 앞에 조금은 담담해질 거라고 해서 읽어 보았습니다.

직장 도서관에서 책이 반환되었다고 알려 주네요.

저에겐 다소 무겁고 난해한 듯 해보여 일부러 그런 부분은 소리 내어 정독하고, 그래도 의미 전달이 제대로 안 된 부분은 재차 삼차 반복해서 시간을 끌었습니다.

나름 속으로 빠져들게 되네요.

의사지만 철학도인 그가 그린 삶과 죽음의 공간 속을 나름대로 잘 따라 다닌 것 같습니다.

암에 걸려 죽음을 인지하고 준비해 나가는데, 슬프고도 아름답고 유려하면서도 담박하네요.

인생이 무겁다지만 휘청거리진 않을 것 같네요.

2016년 12월 26일 월요일

어머니가 새벽 5시경에 전화를 하셨어요.

아무런 감정 없는 목소리로 "그냥 했다"라고 하십니다.

며칠 전에는 3시경에 하셨던데….(이때는 조작 실수인 것 같음)

통화가 되니 안도가 되셨나 봐요.

보고 싶으면 아무 때고 전화 주시라고 했어요.

밤이 무료하고도 답답하셨을 것 같네요.

우리 모두에게도 겨울밤이 참 길고도 잔인하네요.

> 누나들
>
> 그러셨어?
> 그래도 "보고 싶으면 아무 때고 전화하시라"고 해드린
> 네 말이 좋으셨겠구나.
> 네가 우리 동생이어서 너무 고맙다!

2016년 12월 28일 수요일

외삼촌이나 누나들에게 통화하면서,

"어머니한테 전화 드리려면, 이때 이때를 피하는 것이 좋을 것 같

다. 이때는 식사 시간이고, 또 이때는 아침 · 저녁 혼자 가정 예배드리는 시간이고, 이때는 휴식 중일 수도 있으니까요"라고 알렸노라고 말씀드리니, 펄쩍 뛰시면서 "아무 때고 상관없어야. 아따~ 암시랑토 안 헌디, 예끼 이 사람!" 하시네요.

문득 수십 년 전 일이 생각나네요.

새벽이고 한밤중이고 간에 자식들과 관련되는 일이라면 누워 계시다가도 갑자기 용수철이 돼버리셨지요.

"느그 애들 본지가 겁나게 오래되었다"고 하시기에,

조류독감 때문에 너무 바쁘다고 엄살을 부리니,

"여기는 다 잊어 불고 늬 일 열심히 해라"라고 하시네요.

그러면서 "그나 큰일이다. 닭, 오리 다 죽어 부러서……. 오리가 정말로 보약이긴 했어야. 늬 형, 누나들 객지에서 공부허다가 지쳐불면 다시장에 가서 오리 한 마리 사다가 피 빼서 믹이고, 푸욱 과주고 그랬어야"라고 하시네요.

갑자기 옛날 일이 주마등처럼 떠오릅니다.

워~메 '다시장'이 4키로나 됐는디(그땐 걸어서)……

어머니가 오리 잡을 때, 옆에서 도와 드린다고 날개와 두 다리를 붙잡고 있으면 어머니가 한 손으로는 머리를 잡고, 칼을 쥔 또 다른 손으로는 오리 목을 내리 치셨지요.

오리의 목도 가늘었지만 어머니의 팔목도 가늘디 가늘어서 단번에 못하시고는, 이리저리 몇 번을….

자식 먹여야 된다는 절박함은 그 시리시리하고도 징~헌 상황을 이겨내 버리고야 마셨네요.
이빨은 으그당당 물었으나 눈동자는 술렁거렸고, 제압하겠다는 기개는 넘쳤으나 입술은 묘한 표정으로 일그러지시면서….

지금 마당에서 놀고 있는 일곱 마리 우리 닭들이 조류독감의 전염원이 될 수 있으니 빨리 묻어 버리자고 동료 3인이 며칠 전부터 안달하고 있습니다.
제가 생각해도 우리 때문에 경북으로 질병이 들어온다면 뒷감당이 안 될 것 같네요.
옆집에 사는 직장 동료도 가끔씩 자기 집 뒤 대밭까지도 온다면서 처치해 주라고 하고요.
수컷 포함하여 4마리는 제 것, 재래종 닭,
나머지 3마리는 동료들 것, 토종닭….
저도 당연하게 생각되어 시도를 해보려 하였으나,
정도 들었지만 질기고 모질었던 녀석들이라 숙연해져 부네요.
수십 년 전 오리 잡을 때의 어머니 표정들이 떠올라 제 속을 더 복잡하게 휘저어 놓습니다.
저는 머뭇거리고 있지만 어머니는 저질러 버리셨지요. 어머니에겐 그 어떤 것보다도 자식 먹이는 것이 더 절박했던 것이죠.

누나들

드라마의 한 장면 같다.
영상이 튀어나오는 듯…. 네 마음까지도!
근데 네가 온 마음으로 키운 닭들은 왠지 조류독감도 피해 갈 것
같은데? 사극 드라마 보면 전염병이 휩쓸고 지나가도 살아남은 자
가 꼭 있잖아!

2016년 12월 30일 금요일

"내년이 정유년 닭띠 해구나"라고 하십니다.

어떻게 아시냐고 물으니,

"달력에 나와 있다. 장정 정, 닭 유, 정유년. 외할아버지가 다 가르
쳐 주셨다. 그래서 알지야"라고 하시네요.

우리 가족들도 닭처럼 생기 있고 거침없는 한 해가 되었으면 좋겠
어요.

출근 전에 오늘도 습관처럼 닭 노는 모습을 한참 동안 보고
있었어요. 하얀 서리가 등에 덮여있어 흰 조끼를 입은 것처럼 우습
게 보여요. 모질고도 모지네요.

아침 햇살에 털은 곧 검붉게 빛나고….

암컷은 부드럽고도 고운 연갈색이 되어 윤기가 흐르네요.

역동적으로 움직이는 역삼각형의 형체가 이렇게도 균형 있고 안정
된 모습이라는 것을 오늘 처음으로 느낍니다.

사온 지 며칠 후 제 집을 만들어 주었는데도 처음 잔 곳에서 노숙하네요.

여름철 장대비 속에서도 마찬가지고, 웬만한 눈 속에서도 그렇고….

얼마 전 겨울을 대비해서 작은 비닐하우스를 만들어 그 안에 횃대 비슷한 시렁을 준비해 주었는데 거기서도 잠을 안자고….

조류독감이 경북만 남기고 전국을 포위해 버렸네요.

며칠 전에는 김천에서도 야생조류에서 바이러스가 검출되어 우리를 더욱 옥죄고 있네요.

엊그제 옆집 아저씨한테 잡아드시라고 했어요.

주말에 물이 얼어버려서 건사를 못하겠노라고 하니,

주말에는 자기가 물을 챙겨 주겠다고 하네요.

이래저래 빙빙 돌려서 부탁해도 미안해하지 말라고 하네요.

결국 조류독감 때문에 신경 쓰여서라고 실토하니 잡아보겠다고 하네요. 주말 후 월요일 밤에 퇴근해 보니 닭이 그대로 자고 있네요.

아저씨가 차마 못 하시겠데요.

아줌마 왈, 닭을 기르던 제 모습이 너무 행복해 보이더래요.

숙제를 결국 제가 하긴 해야 되는데 가축방역 공무원인 내 손은 덜덜 떨리기만 하고….

제기럴 모르겠네요.

이젠 '삶'을 닭이 선택하게 된 것 같아요.

야성이 살아나는지 그물 울타리도 감당을 못하네요.

간식 주려고 과일껍질 등이 들어있는 그릇을 가지고 현관문을 나서
니 금세 눈치 채고 튀어 나와 우르르 몰려오더니만 너무 달린 탓인
지 브레이크를 밟네요. ㅎㅎㅎ

그릇을 비워 주고 되돌아오니 두 녀석이 쫄쫄 따라오면서 고개를
쭈뼛쭈뼛 내밀어 그릇이 정말로 비워있는지를 확인하려 하네요.

거, 참….
삶은 이렇게도 단순한 것 같은디….

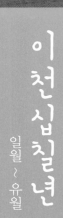

이천십칠년

일월 ~ 유월

2017년 1월 2일 _{월요일}

잠깐 시간 여유가 있어 어머니를 뵈러 갔어요.

감격(?) 하시네요.

어제 "아가, 보고 싶어서 전화했다"고 하시더라구요.

내 맘이 쎄에~~~.

1월 1일이라서 누군가가 보고 싶었던가 봐요.

배, 사과, 귤 한 박스 씩 카트에 싣고 방으로 가서 보여 드리고, 나눠 드시도록 직원 카운터에 갖다 놓겠다고 하니, 어머니 방에 그대로 놓으라네요.

방이 따뜻해서 과일이 안 좋아질 것 같다고 하니,

"괜찮애야! 우리 아들이 사왔다고 이 방 저 방 돌릴란다"고 합니다. 90세 전후의 아픈 노인들의 세상, 이곳도 사람 사는 세상이네요. 인심을 쓰고 싶은 인간의 기본적인 욕망…

우리 어머니 건강하신 거죠?

2017년 1월 3일 _{화요일}

거듭 거듭 당부 드리니 짧게 통화하셔요.

그렇게 못할 경우 안 하는 것이 차라리 낫겠습니다.

각자 요령껏 조절하세요. 시간도 20분 이내가 좋을 듯….

어제 어머니를 본 순간 내 맘이 착잡해 지더라고요.

평온치 못하셨음을 느꼈죠.

147

표정이 한마디로 칙칙하셔요.

평소의 해맑음은 없어지고….

외삼촌 이야기를 하다가 목소리 듣고 싶다고 하시기에 전화를 걸어 드렸죠.

방문도 열려 있는데 어머니 목소리가 너무 커서 내심 불안해집디다. 문을 닫으려 하니 손사래 하시면서 다른 사람들을 전혀 개의치 않으시고….

어머니와 헤어지고 나가면서 방문자 서명을 하고 있는데, A 간호사님 왈, 어머니가 요즘 흥분을 잘 하신다고 하네요.

잘 적응 하시잖느냐니까,

통화 시간이 너무 길으시데요.

미국에서 온 전화도 1시간을 한다고 하네요.

이 말 듣고 보니 얼마나 옥신각신 했겠는지 눈에 선하네요.

명심 또 명심….

끊을 때는 요령껏 잘하세요.

2017년 1월 4일 수요일

붉은 닭띠 해에….

조류독감 창궐에….

계란 값 상승에……, 혼란의 연속이네요.

김천 집 막내인 C에게 전화를 했어요.

닭을 잡을 때 잡더라도 내가 갈 때까지 좀 챙겨 달라고….

사료는 충분히 있으니 따뜻한 물만 좀 주면 된다고….
제 말이 아직 덜 끝난 것 같은데,
동료 A가 다 잡아 버렸다고 하네요.
수컷 한 마리는 도망가 버리고….
그 사람, 참 오지랖 치고는….

어머니하고는 일상의 통화를 했습니다.
지난 가을 무렵에 계란 하나를 가져가 껍질을 깨드리니까 그렇게도
맛있게 빨아 드시던데….

2017년 1월 6일 금요일
지금 날씨 어떠냐고 여쭈면,
"눈이 온다"고 하시네요.
웬 눈이냐고 물어보니
"지시랑 물도 떨어지더라"고 하시네요.

통화 후 간호사님한테 확인해 보니 날씨가 좋다고 하고….
요즘 날씨 물으면 자주 이러시네요.
혹시 TV에서 눈이 내리는 걸 착각하고 그러시는지 다시 확인해 보
면, "밖에서 내린다"고 하셔요.
일상의 대화는 거의 지장이 없는 듯한데….

어머니 맘이 하얗고 평안할 때는

어머니한테만 눈이 오는 가 봅니다.
어머니 맘이 답답하고 누군가가 보고 싶어질 때는
빗물이 지시랑 물로 떨어지는가 봅니다.

2017년 1월 7일 토요일

오늘은 어머니가 전화를 하셨어요.
평소와 다르게 서로 간의 기본 인사(?)도 없이
이야기를 시작하시네요.
옛날 기억 속의 이야기들….
일방적으로 보따리를 풀어 놓으시니
대화로는 빵점일 수도 있겠지만
어머니 기억 하나만은 정확한 것 같아요.
한참을 듣고 있으니

'어머니가 우리와 나눌 수 있는 언어생활이 이런 범주일 수밖에 없
겠구나! 이런 이야기 할 수밖에 없겠구나!'라는 생각이 드네요.
왜냐하면 듣고만 있어도 재미있고 귀한 추억 속의 것들이었으니까
요. 치매라고 안쓰러워하거나 쓸쓸해하지 말자고 스스로 다짐해 보
았어요.
이런 저런 다양한 이야기들이라 어머니와 둘이 한참을 까르르 웃기
도 하고 긴장한 척 공감하기도 하고 한편으로는 심각한 척 하기도
했지요.

통화가 너무 길어진다 싶어서 핑계를 대고 끊었어요.

끊으면서도 서운해 하실까 봐, 내일은 어머니가 먼저 전화해서 오늘 나머지 이야기를 해주시라고 말씀드렸더니,

"그러끄나? 그래야겠다! 좋은 생각이다!" 하시면서 좋아하시네요.

2017년 1월 8일 일요일

새벽 2시경에 전화벨이 울려 어머니인 줄 알았어요.

서둘러 받아 보니 제기랄 어떤 이상한 사람이 전화를 잘못했어요.

이리 저리 뒤척이다 다시 잠이 들었어요.

어딘지 모르겠는데 시골인 것 같더라고요.

닭들이 평화롭게 놀고 있는 풍경이 나오네요.

언뜻 보니 우리 닭들이 그 무리 속에 끼어 있는 것 같아요.

가까이 지나가노라니 두어 마리가 나를 보고는 요란하게 나뒹굴며 아는 척을 하네요.

순간 그 녀석들이 눈에 확 들어오는데 아침마다 먹이 주려고 갈 때 나한테 달려오다가 브레이크 밟던 놈들이네요.

너무 선명하대요. 우리 집 동료들이 '나를 놀려 주려고, 또는 지들도 차마 못 죽이고는 이곳에 숨겨 놓았구나!'라고 속으로 좋아하며, '곧 데려 와야지'라고 했죠.

모닝벨이 울려 깨어보니 꿈이었습니다.

57세 나이에….

이 숨 막히는 경쟁의 시대에….
저는 이런 꿈이나 꾸고 있네요.

2017년 1월 10일 화요일

제가 어머니 목소리를 들으면 힘이 솟는다고 하니,
어머니는 "나도!"라고 하시네요.
어머니 목소리 듣는 것이 보약이라고 하니,
"나도 마찬가지"라고 하시네요.
그러면서,
"자식 목소리 듣는 것만큼 좋은 보약이 있겠냐?"라고 하시네요.

2017년 1월 12일 월요일

어머니와 통화하고 있는데, 막내 동료 C가 출근 차 나가면서,
"장닭이 돌아 왔다!"고 하면서 가네요.
이제껏 살면서 들었던 '놀랄 정도로 반가운 말' 중에서 이 말도
아마 몇 손가락 안에 들지 싶어요.

순간 미안하기도 하고, 반갑기도 하고 복잡한 심정이 되었습니다.
닭 보러 나가자고 소리치니 다 출근하고 아무도 없네요.
맨 먼저 따뜻한 물을 챙겼지요.
제 시력이 나빠지고 있는지 닭이 좀 이상하게 보여요.
눈을 가다듬어 보니, 검고도 붉은 색으로 멋지게 올라와 뒤로 휘어

져 있던 꼬리털이 몽땅 없어져 버렸네요.

윤기 흐르는 흑발을 가진 멋진 여자가 무슨 사유로 인해 그것이 싹둑 잘려져 꽁지머리를 하고 있는 것처럼 말입니다.
역삼각형의 절묘한 균형은 오간데 없고 기형이 된 것처럼 불쌍해 보입니다.

물바가지를 들고 다가가려 하니 공중으로 솟구쳐 그물 울타리를 넘고 담장 위를 죽을 둥 살 둥 달려 뒤뜰의 대나무밭 쪽으로 줄행랑을 쳐버리는데 도망치는 모습이 참 안쓰럽기까지 합니다.
꽁지털이 빠져 뒷부분이 없어져버린 데다가 달리는 관성까지 더해지니 그 자체가 앞으로 쏟아져 버릴 것 같네요.
어디가 될지 모르겠지만 목적지에서는 내동댕이쳐져 처박혀 버릴 것 같아요.

그래도 이젠 돌아오리라는 희망이 생겼습니다.

돌아오면 이제부터는
'문턱아!'라고 불러야겠어요.
쓸 때는 '문터기(文攄基)'
생사의 '문턱'을 제 멋대로,
제 의지대로 휘젓고 다니는 옹골찬 녀석….
불굴의 의지로 우리 삶 '터'도 신경 좀 써주라고….

154

성장하면서 의젓한 풍모로 한 발 한 발 터를 짓누르며 걸어 다니던 모습이 이름과 잘 어울리는 것 같아요.

조류독감이 끝나고 새봄이 되면 바로 알을 낳을 수 있는 큰 닭 6마리만 구해 와야겠어요.

한때 잘 나갈 때는 녀석도 암컷 열세 마리까지 거느렸었는데….

누나들

전원일기 드라마에서의 싱싱함이 있었는데….
너무 아쉽다!

2017년 1월 13일 금요일

7시 30분이 항상 아침 예배드리는 시간이라서….

7시 20분 정도에 전화 드리면 여러모로 좋을 것 같아 그 시간에 전화를 드렸어요.

30분 무렵인가 봐요.

혼잣말로,

"좀 늦게 드려도 될 것이다. 아들하고 통화헌 것도 엄청 중요하지야!" 하시면서 계속 말씀하시네요.

35분경에 저도 출근 준비해야겠다면서 전화를 끊었어요.

방에서 혼자만의 예배인데도 당신이 정해 놓은 시간에 구속을 받으시나 봐요.

예배시간을 넘기는 것은 학생이 지각한 것처럼 찜찜하신 모양이죠?

너무너무 청정무구한 우리 어머니….

2017년 1월 14일 토요일

이런 저런 이야기 도중 "사람이 이 세상에서 사는 시간은 안개가 빨리 없어져 분 것처럼 너무나도 짧단다. 그리고 수이* 알지? 수이…. 죽을 때 입는 옷. 거기에는 주머니도 없단다. 죽을 때는 아무 것도 가져갈 것이 없응께…. 이 잠깐 사는 세상을 얼마나 올바르게 잘 살아야겠냐이?"라는 말씀을 하십니다. 그런 말을 어떻게 아시냐니까, 성경에 다 있다네요. 좀 갸웃해서 "성경에 그런 말도 나온대요? 안개 이야기는 몰라도 수의 이야기도 있어요?"라고 물으니, "성경을 읽고, 듣고, 깨닫고, 지키면 알 수 있어야!"라고 하시네요. 나중에 누나한테 물어 보니 안개 이야기는 성경에 있다고 하고, 수의 이야기는 둘째 매형의 칼럼 내용이라네요.

   ✱ 수이: 수의(壽衣)

2017년 1월 15일 일요일

친지 집에 갔는데 여자들끼리 모여 오랜 시간 정담을 나누네요.
틈이 생겨 어머니하고 통화를 했는데
그 시간이 길어지자 커피 식는다고 누가 노크를 합니다.
통화는 안 끊어지고, 다른 사람 앞에 앉아서 "네에" "네에"하고 있는 제 모습이 이상해지네요.
어머니에게 다음에 통화하자고 했어요.
"나는 갠찬헌디야"라고 하시네요.

그래도 제가 좀 그렇께 답에 하자니까,

"나는 갠찬헌디….

지금 밥도 먹어 불고 젤로 한긋진디야"라고 하시네요.

"워메 내가 좀 그런디요"라고 하니까,

"그믄 간단히 이 말만 허고 얼릉 끝내 불자.

항상 기뻐하라. 쉬지 말고 기도하라. 범사에 감사하라. 얼릉 끝게 '아멘' 해야…. 사람이 숨을 안 쉬면 단 1초도 살 수 없듯이 기도를 안 해도 마찬가지란다. 이것을 '영적 호흡'이라고 해야. 얼릉 끝게 '아멘' 해야…. 하늘에 계신 우리 아버지, 이름을 거룩하게 하시고…"

"얼릉 '아멘' 해야!"라고 하시면서도 유독 말씀이 빨라서 대답할 틈을 안 주시네요. 아멘, 아멘, 아멘….

2017년 1월 16일 월요일

어머니 말투가 중간 중간 버벅거리시는 것 같아, 순간적으로 긴장했습니다. 아픈 곳 없으시냐고 여쭈니까 건강하다고 하시네요.
어머니 자양분은 기도뿐임을 아니까,
우리들 기도 열심히 해주셔야 된다고 했습니다.
끊임없이 기도하고 있으므로 걱정 붙들어 매라고 하시면서,
"여기 원장님이 왜 나를 좋아하시는지 아는가?"라고 물으십니다.
진실한 기도를 끊임없이 하니까 좋아하신다네요. ㅎㅎㅎ
제가 그곳 원장님이 글도 잘 쓰시고 그림도 잘 그리신다고 했어요.
시인이라고도 했어요.

어머니가 오히려 놀래시면서 그런 것을 어떻게 알았냐고 하시네요.
외할아버지도 시를 그렇게 좋아하셨다면서….
인터넷에서 알았다고 했어요.

"얼른 가서 우리 막내아들이 원장님 시인이다"라고 했다며 자랑하
겠노라고 하시네요.
이왕 그러시려면 우리 애들이 원장님 시를 달달 외우고 있더라고
하시라 했습니다.

어머니가 몹시 들뜨셨네요.
우리 어머니 치매 아닌 것 아니어요?
이제부터는 보따리 싸야하는 것 아닌지 염려해야겠어요. ㅎㅎㅎ

'왕인국화축제(2009.10.31)'에 출품된 원장님 시화작품입니다.

삶

해질 무렵
노을이
그리움으로 변하는 시간에
강변을 걷고 있다.

황금빛으로 물든
그 물결을 타고

물새 한 마리가
먹이를 잡아 둥지로 날아간다.

사는 일이 고달퍼 지는 것은
먹이를 구하는 일이
힘이 들어서가 아니라
먹이 때문에
그리움마저 잃어버리는 일이다.

오늘 통화 후 느낀 것인데 당분간은 어머니 상태가 크게 나빠질 염려가 없을 것 같습니다.

그래서 진짜 치매되시기 전에 성경을 읽듯이 가벼운 읽을거리가 또하나 있으면 좋겠다 싶네요.

오히려 치매 악화 방지에 도움이 될 수도 있겠다 싶고요.

그동안 제가 형, 누나들께 연락병 역할을 한다면서 쭉 보낸 것들을 출력해서 드려 보면 어떨까 싶습니다.

어머니 일이고, 당신 자식들의 이야기니까요. 긁어 부스럼이라면 없던 일로 하구요. 괜찮을 것 같으면 가벼운 내용 몇 장만 골라서 시작해 보는 것도 방법일 수도 있을 것 같네요. 어머니가 혹시 좋아하시면 간단한 책을 만들어 드리고 싶어요.

그러하고도 우리의 이야기는 계속 이어가는 거죠.

어머니가 읽을 수 있을 때까지 읽으시다가 못 읽으시면 가시는 길에 챙겨 드리는 것도 괜찮을 것 같고요.

또 어머니 상태를 체크해 보고 싶어서 계신 곳의 생활이 좋은지,
나쁜지 여쭈니, 참 좋다고 하시네요.
현재 계시는 방인 '미소방'을 가질 수 있도록 매일 두 시간씩,
40일을 기도해서 얻은 방이랍니다.
말씀 도중에도 그동안의 일들이 편린이 되어 떠오르네요.
어머니 말씀대로 처음에는 지옥 같았을 것이고,
그 다음부터는 겨우 받아들일 수밖에 없으셨을 것이고,
언제부턴가는 그 방을 갖고 싶어서 기도까지 하시게 된 그 곳….
너무 안쓰러워지네요.

어제는 집 동료들과 오랜 만에 외식을 했습니다.
금년 들어 처음 4식구가 모였네요.
몹시 화기애애 했었지요.
남자들끼리 모여도 할 이야기들이 참 많아요.
집에 들어오니 9시….
초저녁 같아서 다시 다과로 이어졌습니다.
누가 시작했는지, 결국은 또 닭 이야기가 나오네요.
모두가 끄집어내고 싶지 않은 소재….
제가 며칠 전에 울타리용으로 철망을 구입해 놓았지요.
30미터 짜리 4통, 총 120미터….
두 개는 전원생활을 꿈꿨던 어떤 직원 집에 우연히 가서 얻어 온 것
이고, 두 개는 그 후 철물점에서 샀지요.

그 직원은 닭을 키워보려고 철망을 사 놓고 결국은 못 키우고 마네요. 조류독감이 끝나면 골프장처럼 사방팔방을 빙 둘러쳐서 요새를 만들고 그 안에서 키워 보려고요.

하지만 다시 키우는 것에 대하여 동료 3인 중 A는 분명한 반대, B와 C는 묵묵부답하다가 저의 재촉에 자기들 방으로 구렁이 담 넘듯 들어가 버리네요.

이제 닭은 키울 수 없게 된 거죠.

그리고 둘 만 남아있는 자리에서 저의 우유부단함이 도마 위에 올랐네요.

동료 A는 애물단지가 된 닭들을 화끈하게 처치해서 크나 큰 숙제를 해 낸 거구요.

잘 처리했노라고 덕담(?)해 주면서도 한마디 해야 거시기 할 것 같아, "고 녀석 언젠가는 돌아 올 것"이라고 거들먹거렸죠.

내 말이 끝나기도 전에, 이번에는 절대로 안 놓치겠다고 하네요.

그러면서 삼세판이면 충분하다며 처치한 과정을 이야기해 주는데, 문터기를 세 번 놓쳤더라고요.

한 번은 날개까지 다 잡은 것을 어찌하다가 놓쳤고, 두 번째는 잡히기도 전에 도망가 버렸고, 세 번째는 영락없이 꽁지를 꽉 잡았는데도 어찌나 세게 요동치는 바람에 꽁무니 털이 통째로 빠져버려 결국 실패했더라고요.

그 말을 듣고 있노라니,

문터기란 놈, 고놈 참 징글징글한 놈이네요.
생사의 요령과 기본을 터득해 버린 놈! 文攄基!

어찌 되었든 오늘 이 자리에서의 결론은
"공무원은 과감한 결단성이 있어야 한다!"는 것이었으며,
동료 A로부터는 "몇날 며칠을 미적거리며 이게 뭐여~ 당신도 이제
는 결단성이 좀 있어야 돼에~"라는 애정어린 핀잔(?)을 들으며 하
루를 마감했습니다.
오늘 저녁 오랜만에 모두 다 모였다고, 내가 걍 기분 좋아 실컷 밥
사고 술 사고도….

들고만 있으면 거의 어머니만 쉼 없이 말씀을 하셔서 도통 혼란스
러운데, 이제 요령도 좀 생기네요.

어머니께 먼저 어떤 것을 여쭈어 보세요.

재미있는 대화가 시작됩니다.

단 어머니가 잘 아실 것 같은 것들이 좋겠죠?

어머니도 훤히 아는 것이라 그에 대하여 의견이 넘치시니 주석을
읽는 것처럼 내용이 풍부해 지네요.

맞장구치며 흥겨워지니 잠도 달콤해 지고요.

보통 때와는 달리 아직은 캄캄한 이른 새벽인데 이웃집들
의 장닭이 울기 시작합니다.

이상하다 싶으면서도 너무 이르다 싶어 다시 잠을 청했지요.

그러나 잠은 쉽게 들지 않고….

그 소리를 계속 듣고 있으니 꼭 집어 낼 수는 없지만 그들의 울음소
리가 평소와 다른 느낌이네요. 문터기(?)의 존재를 지금 동네 닭들
이 느끼고 있는 것 같아요.

낯선 자의 출현이라서 지 몸을 닭장 속에 깊이 감춰야 할 것인가?

아니면 동류(同類)인데 허접한 불청객인가?

단순한 불청객이면 불쌍해서 동정심을 보여 줄 것인가?

귀찮으니 기분 나쁜 노숙자 취급을 해버릴 것인가?

지금 장닭들 울음소리는 제들끼리 갑론을박하고 있는 소리 같네요.

그들에게도 결단이 요구되는 시간!

잠은 깨버린 채 오만가지 생각이 떠오릅니다.

'결단성이라~~~, 결단성!‥‥‥'

김천에 오기 오래 전부터 지금의 생활을 그리고 있었죠.

여러 채널을 통해 쓸 만한 농가 한 채를 얻었지요.

동료 3인이 테니스 단짝들이었는데 같이 살자고 하여 그러자고 했습니다. 텃밭을 일구고 닭을 키우고, 꿀벌도 키워 보고….

벌은 키우다가 실패했지만 두 가지는 나름 목적 달성을 했죠.

이사 온 첫날

담 너머로 옆집 아주머니가 알은체 해주셨어요.

서로 인사 후 이런 저런 이야기를 나누던 중에 제가 텃밭을 일구고

닭과 벌을 키워 볼 계획이라고 했죠.

벌은 허락하는 것 같은데 닭은 결사반대를 하시데요.

냄새나고 지저분해진데요.

얼핏 봐도 그 양반 도회풍 같긴 하더라고요.

웃으면서 거절하니 진담 같기도 하고 농담 같기도 했습니다.

며칠 후 아저씨가 우리 집에 오셔서 반대 의사를 정중하고 분명히

표하고 가셨다고 하네요.

집에서 6키로 정도 떨어진 곳에 홀로 있었지만 누추하지 않은 폐 농

가를 구했습니다.

닭은 그곳에서 키우기로 작정했지요.

월세 10만 원인데 6개월 치를 먼저 달라고 해서 3개월 세를 우선 드

렸죠. 며칠 곰곰이 생각해 보니 제 행동이 좀 과해 보였어요.

주말에 안 올라가고 옆집 아저씨와 식사를 하면서 설득을 했습니다. 마지못해 이해를 해 주시면서 아주머니께 말씀 드리겠다고 했습니다. 폐 농가에 선 지불한 30만 원이 아깝기도 하였지만 옆집에서 닭을 키우는 것을 이해해 주어 기쁨이 더 컸지요.

문경 산속에 있는 농장에서 야생에 가까운 오리지날 재래종 닭을 7마리 구하고, 선산 재래시장에서 일반 토종닭 7마리를 구입했습니다.

닭을 키우고 싶었던 이유는,
원시적 강인함과 싱싱한 생명력을 닭을 통해서 느껴 보고 싶었어요. 또 그들이 낳은 달걀을 먹어 보고 싶었고요.
제 심정적 오지랖일지 모르겠지만 우리 닭만은 이 세상에서 가장 행복하게 키워 보고 싶기도 했지요.
손 떨림을 핑계로 처치하지 못하고 끝까지 버텨 보려 했던 것은,
건강한 생체에서는 건강한 면역 시스템이 작동된다는 것을 신봉하기에….
즉 문터기 같은 녀석들은 바이러스가 침범해도 최단 기간에 그것을 제압해 버리기 때문에 질병 전파의 매개자가 아니라는 믿음 때문이었습니다.
며칠 전, 점심시간에 잠깐 집에 들렀는데 옆집 아줌마가 자기 집 장독대가 있는 창고 옥상에서 우리 마당을 내려다본다고 하데요.
자기도 심심하면 우리 닭들을 보곤 한답니다.

배추 시래기를 하나 씩 하나 씩 던져 주면서….

김천에 이사 오기 전부터 오늘까지의 일들을 쭉 연결시켜 보니,
저도 '이 징헌 놈의 결단성' 땜에 여기까지 왔네요.
단지 방향이 다르고 색깔이 달랐을 뿐….
동 트기를 기다리며 '다양성'에 대하여
곰곰히 생각해 보고 있습니다.

2017년 1월 21일 토요일
오늘은 컨디션이 안 좋으신지 많이 머뭇거리십니다.
이상하다 싶네요.
제가 먼저 이야기를 이어 가야 할 것 같아서,
"지금은 누구를 큰 이모라고 불러야 하느냐"고 여쭈니 얼른 답을 못
하시네요.
쉬운 질문인 것 같은데 너무너무 답을 못주시네요.
"원래 큰 이모인 ○○은 일찍 죽었고, ○○도 언젠가 죽어 부렀
고…. 또 ○○○, 그 다음에 ○○○…" 하면서 어머니 형제들 이름
을 어눌한 소리로 겨우 다 불러 봅니다.
정작 큰 이모라고 불러야 할 ○○ 이모는 빼먹으시고….
좋은 소식은 아닌 것 같은데 어머니 상태를 그대로 전달합니다.

2017년 1월 21일 토요일
형수님한테 문자가 왔네요.

금요일은 철야 기도를 드리신대요.

다음날 잠깐 주무시는데 그때 통화하면 그 영향을 받으시나 봅니다. 그 말 들으니 정말 다행이네요.

카톡 소리가 들려 받아 보니 김천 집 동료 B가 사진과 동영상을 올렸습니다. 주말에 못 올라갔다네요.

조기탕이 끓는 모습인데 참 재밌네요. 지글지글 보글보글….

영상을 보고 있노라니 우습기도 하고, 또 고맙기도 합니다.

이런 걸 다 올려주고….

침이 꼴딱, 꼴딱한다며, 소주 한잔 하고 싶다고 장단을 맞춰줬지요.

그리고 이런 저런 내용이 오고 가던 중,

동료B

문터기 봤어요.

나

헐! 고 놈, 차암 지금 어쩌겠다는 거여? 우리랑 맞장 까겠다는 거여, 뭐여? 이누무시끼….

동료B

얼른 오서요. 고놈부터 처치하고 소주 한잔하게요. ㅋㅋㅋ

나

고놈은 지 삶을 지가 선택할 줄 아는 놈이여….

나

살고 싶으면 살고, 죽고 싶으면 죽고….
생사의 문턱을 지 맘대로 넘나드는 놈이니께….
징글징글헌 놈….

동료B

제가 봐도 대단한 생명력을 가진 놈 같아요.
꽁지 없는 놈…. ㅋㅋㅋ

나

꽁지 없는 놈이라니?

동료B

문터기가 꽁지 털 다 빠졌잖아요 모양도 우스워요
헬기로 보면 방향키가 없는…. ㅋㅋㅋ

나

나는 몰러.

동료B

A님이 다 뽑았잖아요.

나

나는 그때 없어서 모르지.

동료B

저를 보더니만 얼마나 빨리 도망가 버리는지….
게눈감추듯…. 진짜 빨라요.

나

방향도 못 잡았을 건데 어찌 그리 빨라?

동료B

한 번 보셨어야 돼
진짜 빨라요.

나

그렇다 치고, 왜 왔을까?
잡혀 죽을라고….

동료B

형님 사랑이 그리워서…. ㅋㅋㅋ

나

고놈 여태 뭘 먹고 살았을까?

동료B

우리가 음식물 던져 줬던 거 먹은 흔적이….
눈 위에 발자국이….

나

그럼 우리 앞으로 어떻게 하면 되는가?

동료B

이제 덫을 놓아야죠.

우리 집은 이제 전쟁이 시작되었어요.

169

사람하고 꽁지 빠져 초라해진 달구 새끼 한 마리하고….
결정적인 순간에 제가 어떻게 행동을 해야 할지 미리 준비를 해둬
야겠어요.
이쪽인지, 저쪽인지,
우선 전선부터라도….

엊그제는 우리 집 옆에 새 한옥을 짓고 사는 우리 직원이 전화했어
요. 뭔가 이상하다는 거예요.
그도 우리 닭을 처치해 달라고 안달을 했었고, 우리 닭장이 텅 빈
것을 확인하고서야 이미 끝이 난 것으로 알고 있죠. 그런데 닭(?)이
자기 집 뒤뜰의 낙엽들을 흩트려 놓은 것 같다면서 혹시 남아 있는
닭이 있느냐고 하네요.
저는 왕시치미를 뗐습니다. 집 동료들한테도 입조심 시켰고….

이제부터 문터기는 집도 뭣도 없고, 주인도 없는 녀석이 되
어 버렸네요. 아직도 조류독감은 종식되지 않고 있는데….

해가 뉘엿뉘엿합니다. 동료 B가 또 카톡을 보냈습니다.
현관문 바로 입구에 문터기가 똥을 너덧 군데나 갈겨 놓았다며
사진까지 첨부했어요.
이제 대대적인 복수가 시작된 것 같다고 하네요.

사진을 보니 정말로 여러 곳에 흔적을 남겨놓았네요.

우리에게 복수일 수도 있겠는데 왠지 그쪽은 아닌 것 같아요.

한순간에 그리도 많은 똥을 싸놓은 걸 보니 어디서 밥은 제대로 얻어먹고 있다는 뜻인가 봐요.

꽁꽁 얼어붙은 이 세상에 오직 필요한 것은 물뿐이니 물만 좀 달라는 뜻일 것 같아요.

오직 물 한 모금 말이죠.

형수님들

> 핸드폰은 시간이 지나면 모두 사라집디다.
> 문자 보낸 걸 엮으면 한 권의 책이 될 것 같아요.
> 컴퓨터에 저장해 놓으시면 어떨지요?

나

> 아이고 가볍게 삽시다요.

2017년 1월 22일 일요일

어머니가 전화하셨어요.

"늬가 큰이모가 누구냐고 물어 봤지야?

영애다! 영애!"라고 하시네요.

어제 여쭀었는데….

얼마 전 "영애도 와서 같이 살면 좋겠다"고 하신 말씀이 더욱더 안타까워지네요.

2017년 1월 23일 _{월요일}

"언제 오면 뭐 좀 사올 거냐?" 하시기에,

과일 사가겠노라고 하니,

그러지 말고 미리 좀 알려 달라고 하십니다.

마트 같은데 가서 이것저것 구경도 하고 뭐 좀 사먹자 하시네요.

그 곳 생활이 많이 답답하신 것 같네요.

2017년 1월 23일 _{월요일}

A 간호사님한테 전화가 왔습니다.

어머니가 요즘 약간 씩 흥분을 하신답니다.

의사 선생님과 약을 조절하고 있으니 알고 계시랍니다.

기운도 좀 없으시고 체중도 35킬로그램 정도 나가신답니다.

예전처럼 성경도 덜 보시고 기독교 tv도 덜 보신답니다.

반면에 그나마 다행인 것은 옆방 사람들과 교제가 있으시답니다.

제가 그 과정에서 언쟁이 생기고 그것 때문에 또 흥분되시는가 보다고 말하니, 그러신 것 같답니다.

일단은 좋은 현상이고 잘 적응하신다는 의미일 것이랍니다.

또 한 번의 작은 변화를 잘 넘기실 수 있도록 노력하겠노라 합니다.

이번에 형수님 가시고 그 담주에 두 누나들 그 담주에는 제가 다녀올 계획입니다.

2017년 1월 26일 목요일

통화 중에도 코를 자주 훌쩍거리시기에 감기 걸리셨냐고 여쭈니 아니랍니다.

"감기가 병이다냐? 그런 것은 묻지 말아라!"고 하시네요.

감기가 아닌 데도 훌쩍거리는 것은 얼마 전 조절 중이라던 약리 작용일까 싶어 알아보니, 그건 아닌 것 같답니다.

2017년 1월 29일 일요일

임진강변을 달리고 있습니다.

변방이라서 그런지 인적이 거의 없네요.

들판에 깔려 있는 철새 떼를 만났습니다.

이렇게 많은 모습 처음 보는데 정말 징글징글하게 많네요.

몇 마리가 비상하기 시작하자 떼거리가 일제히 따라 나섭니다.

제 쪽으로 몰려오는 어마어마한 검은 물체들….

이상하게도 저한테 장난치려는 것처럼 닿을 듯 말 듯 저공비행을 하고 있어요. 일순간에 범접할 수 없는 태고의 적막을 휘저어 버리네요. 수없이 많은 것들이 쑤~욱 몰려오는 모습에 반사적으로 고개가 수그려집니다.

제 차를 기점해서 약간 차오르며 오른쪽으로 지나가는데 순간적으

로 몽환에 빠져듭니다. 철새 터널을 지나가는 것 같아요.
토네이도를 연상시키듯 중간 부분에서는 제 차가 빨려 들어가는 것
같다가 끝부분에서는 허공을 둥둥 떠다니다 살아나온 듯한 기분….
한순간이었지만 꿈을 꾼 것 같아요.

그 후 다가오는 허무하고도 허탈한 고요….
그 모습을 다시 한 번 쳐다보려 멈출까 하다가 서로 갈 길을 재촉했
습니다.
우리는 서울 쪽으로,
철새는 철의 장막 쪽으로….
자유로의 시원스러움이 올림픽도로에서 끝이 납니다.
여의도를 지나가는 이 길 위에서 작은 계획 하나를 세웠습니다.
명예퇴직을 준비하겠습니다.
저의 이런 저런 생각이 굳어질수록 직장에 몸담고 있기가
버거워지네요.
이런 마음 상태 땜에 왠지 동료들에게 미안해지기도 하
고…. 시점은 3가지가 충족될 때입니다.

문터기가 돌아오고,
조류독감이 경북에 발생하지 않은 채 종식되고,
이후 천변이나 강변 주위에서 철새에 의해 또 다시 AI가 발생했을
경우입니다. 이 세 가지는 제가 하고 싶은 일과 매우 의미 있는 연
결고리가 될 것 같습니다.

언젠가는 꼭 해보고 싶은 꿈의 농장을 몇 년 앞당겨서 추진해 보고 싶네요.

이름은 '꿈을팜(farm)'이랍니다.

얼마 전 어머니가 멋질 것 같다고 하셨던 개념입니다.

최대한 자연적인 것이면서도 유·무형의 많은 것을 생산해 내는 공간이랍니다.

최근 어머니가 힘이 없어지시는지 말씀도 느릿하시네요.

집사람은 드시는 것이 점점 문제가 생기는 것 같다고 합니다.

잘 드셔야 힘이 생긴다는데….

2017년 2월 1일 수요일

목소리는 좋으시네요. 체중이 많이 빠지신 것이 염려스러워,

요즘 입맛이 어떠시냐고 여쭈니 좋다고 하십니다.

이 관리도 잘 하셔야 된다고 하니까, 알았다고 하시고요.

제가 책을 쓸 거라고 형수님이 알려 주었다며 몹시 좋아하셨습니다. 설레어하시면서 빨리 외갓집 가서 외삼촌한테 이야깃거리를 듣고 오자고 하시네요.

제가, "아이고 어머니, 어려워요. 쓰면 쓰고 못쓰면 못 쓰는 거여요"라고 말씀드렸죠. 어머니가 어이가 없다는 표정으로,

"이 사람아, 그것이 뭔 소리여? 그 중한 것을…,

쓰면 쓰고 말면 말고가 뭐여! 써야지!"라고 하시네요.

좌우지간 큰일 나부렀네요.

어쩐지 며칠 전부터 전화 드리면 맨날 당신의 미국 고모할머니가 선교사가 되어 활동하셨던 이야기, 그로 인한 외가의 기독교史, 외할아버지의 독립운동 내역 등등을 주로 말씀하시더라고요.

저한테 잘 알아듣고 참고하라는 뜻이었던 것 같아요.

정확히 들리지도 않고, 내용도 헝클헝클해서 잘 짜 맞추지도 못하겠던데…. 그리고 저는 어머니를 포함해서 우리들 몇 사람의 단순한 이야기를 A4용지로 백여 페이지 쓴 것이 전부인데….

말씀이 끝난 줄 알았더니만 "그러고 서기관(書記官)이 뭣이다냐? 글 서, 기록할 기…. 그런 것 기록하라는 사람 아니냐? 그런 것 써야 되는 사람 아니냐고?" 하시면서 불꽃같은 의지로 써보라고 하시네요.

"내 자식이 친정 이야기를 책으로 쓴다니 이렇게도 좋구마는……" 하면서….

2017년 2월 3일 금요일

테니스를 치고 나면 몸이 더워져서 한겨울의 찬 공기도 웬만큼 훈훈하게 느껴지지요.

밤에 자야 할 때는 금방 잠이 들어야 하고, 낮에 일을 해야 할 때는 전혀 나른하지 않으려면 테니스가 제일 좋은 것 같아요.

이렇게 좋아하는 테니스도 가끔씩 내 계획과 상관없이 꼭 쳐야 할 때가 생기게 됩니다.

그때는 저녁도 못 먹고 나가야 되는 거죠.

점심도 부실하게 먹은 날은 허기져서 몹시 괴로울 때가 있어요.

이럴 때 간단하게 해결하는 방법이 있답니다.

사무실 구석에 있는 냉장고의 냉동실을 뒤지면 운이 좋은 경우,

주인 없는 오래 된 떡 쪼가리 몇 개가 나옵니다.

돌덩이처럼 단단하죠. 이런 떡은 보통 결혼식 답례품인데 먹다가

남은 것을 그냥 넣어둔 것이랍니다.

입속에 넣고 오물오물하고 있으면 언젠가는 녹게 되고, 그것을 조

금씩 조금씩 깨물어 먹는 거죠.

처음 배달되었을 때의 부드러운 떡보다도 이때가 훨씬 귀하고 만족

스러웠음을 경험해본 사람은 이해할 수 있을 것입니다.

바로 어제 저녁 저의 모습이었습니다.

너무너무 맛있었고 허기를 면하면서 테니스를 칠 수 있었습니다.

밤에 단잠을 잤기 때문인지 새벽에 일찍 눈이 떠졌습니다.

화영이 누나가 다음 주에 어머니 생신인데 계획이 어떻게 되냐고

문자를 보내왔네요. 큰누나네랑 우리가 갈 거라고 답장을 보냈습니

다. 그리고 어머니에 대해서 이런 저런 생각을 해 보았습니다.

일단 개념을 어떻게 좀 생각해 봐야 될 것 같네요.

찜찜한 의학용어(?)를 그대로 써야 할 필요가 있을런지요?

우리끼리만이라도 일반적인 용어를 만들어 쓸 수도 있겠다는 생각

을 해봅니다만….

형들 생각은 어떠셔요?

현재의 어머니 상태에 대해서 저는 '치매' 또는 위치매(僞癡呆)라는 용어 대신 '튼'이라는 형용사를 사용해 보려고 합니다. 그래서 '환자'라는 용어 사용도 고려해 볼 필요가 있을 것 같고요. 따라서 언제까지일지는 모르겠지만 어머니의 현재 단계는 '치매환자'라는 용어가 적절치 않을 것 같네요.

치매노인이 아니라 '튼노인'
치매상태가 아니라 '튼상태'
치매환자가 아니라 '튼사람(?)'으로 표현하면 어떨런지요?

'늬 어머니 (마음이) 좀 트신 것 같더라/트셨더라'라든지,
'우리 어머니 (마음이) 좀 트신 것 같아요/트셨어요'라는 표현이 좋을 것 같아요.

어제 저녁 돌덩어리처럼 단단하고 얼음처럼 차가웠던 귀한 떡 덩어리를 오물오물 입에 넣고 있으니 언젠가 "우리 감처럼 달고 맛있는 감이 없더라!"고 하시던 어머니 말씀이 절절히 이해되네요.
떡이 참말로 고소하고, 또 단단하니까 오래 먹을 수 있어서 든든하고 좋네요. 수확도 별로 없고 맛도 맹숭맹숭한 그 감나무에 온갖 품을 들인다고 어머니한테 투덜거렸던 지난 일들이 몹시 후회되고요. 혼자 계신 어머니가 그걸 드실 때는 허기질 때도 있었을 것이고…,

드실 때마다 아버지 생각을 하실 때도 있었을 텐데 말이죠.

언젠가 간병인 아줌마의 아들 결혼식 때문에 제가 몹시 짜증을 내었지요.
그 분은 왜 어머니 같은 노인 분들에게 청첩장을 주시는지요?
어머니는 왜 혼자 가시면서 길을 잃어버리시는지요?
무슨 축의금을 그리도 많이 주시는지요? 등등….

이런 과거의 여러 일들을 지금 생각해보니 어머니의 입장을 충분히 이해한다면 지극히 당연한 것들이었습니다.
지금 어머니의 상태를 '치매'라고 단정지어 버린다면 너무 가혹한 것 같습니다.
또 상당한 배려가 필요한 분에게 정상 상태의 사람을 대하는 잣대를 대버려도 가혹한 것 같습니다.
그래서 곰곰 생각해 보니 '트다'라는 표현을 쓰면 어떨까하는 생각이 들었어요.
제 심정으로는 '트이다'라는 표현도 쓰고는 싶지만 차마 그렇게 할 수는 없을 것 같고요. 왜냐하면 '트이다'는 '(생각이) 트이다'에서처럼 대단한 의미를 갖고 있는 것 같으니까요.
그러나 '트다'는 긍정적인 의미와 부정적인 의미를 동시에 다 가지고 있는 것 같아요.
'(동이) 트다, (사이를, 뭔가를) 트다, (뭔가가) 터지다'는 긍정적인 의미로 받아들여지고, '(살이, 피부가) 트다'는 부정적인 의미로 받아들여지네요.

어머니의 사고(思考)가 이제야 새로 트인 것은 아니겠지만, 늙기 전하고 비교해서 뭔가는 달라지셨다고, 트셨다고 생각이 됩니다.

예를 들면 옛날에는 누군가가 어머니에게 좀 부당하게 언행을 하더라도 대부분은 속으로만 삭이며 받아들이셨는데, 지금은 과감하게 어떤 때에는 무지막지하게 표현을 하신다는 거죠.

그래서 뭔가 트인 것인지, 아니면 터진 것인지….

설명을 정확하게는 못하겠는데 두 단어가 버무려진 일종의 뭔가 비슷한 상태를 연상하게 된답니다.

그리고 '(살이, 피부가) 트다'처럼 어머니 뇌의 해부학적 상태가 연세가 드셨으니 이젠 튼실하지는 못할 것이라고 어느 정도는 수긍이 되니까요.

현재의 어머니 상태가 치매와는 별개라고 생각되지만 예상되는 코스는 결국은 그곳이겠지요.

그래서 이 단계를 모든 사람들이 최대한 이해하고 배려해 줄 때, 어머니의 삶이 오랫동안 아름답게 유지될 수 있을 것 같아요.

반대로 그것을 잘 모르고 대하게 될 때,

당사자의 존재감은 말할 수 없이 초라해질 것 같아요.

당사자의 고통이 최대한 짧도록 우리 모두 잘 이해하고 오지게 버텨보는 것이죠.

2017년 2월 5일 일요일

어머니는 잘 지내고 계십니다.

운동을 많이 하고 계신다면서 저한테도 많이 하랍니다.

충북 보은에서 구제역 의심 신고가 들어왔데요.

질병이 또 발생하는 가 봅니다.

이래저래 큰일이네요.

뭘 조금이라도 해보려고 하면 꼭 일이 복잡해지네요.

근본적으로 우리나라 축산의 축(軸)을 재구성하지 않으면 미래가 팍팍할 것 같네요.

조류독감이 소강상태로 들어가서,

저와 친하게 지내는 부서의 직원들과 다음 주 화요일 저녁,

만든 지 1년 된 하몽(돼지 뒷다리고기로 만든 생햄)으로 간단한 시식회를 해보려던 참이었거든요.

하몽은 제 입맛에 맞는 햄인데, 시중에서는 뒷다리 한 개에 50~60만 원이라 너무 비싸요.

그래서 제가 4년째 직접 만들어오고 있답니다.

만들기도 어렵지 않고 재미있어요.

이름도 '337햄'이라고 지어봤습니다.

이름 속에 레시피가 들어있어요.

돼지 뒷다리에 소금을 발라 눕혀 놓았다가,

3주째에 노끈으로 묶어 매달아 놓은 후,

3개월째에 사람 샤워하듯 샤워기로 소금기를 적당히 헹구어 주고, 7개월째에 쌀가루와 후추를 돼지기름과 버무려 절단된 부위에 발라주어 그대로 매달아 두면 되지요. 11월에 시작해서 1년을 기다리면 작품이 완성됩니다.
하몽의 본산지 스페인에서는 3년 된 것을 최상품으로 쳐준다고 합니다.

제가 우리 업계 사람들과 만날 기회가 있을 때마다,
축산의 틀을 바꿔야 한다면서 그중 일부로 하몽이야기도 곁들어서 말하곤 합니다.
부가가치가 매우 높고 웰빙햄이라 우리가 굳이 햄을 먹는다면 이걸 위주로 먹어야 좋을 것 같아요.
그러면 농가는 돼지 마리 수를 지금보다 많이 줄여도 소득은 변함이 없지요.
유럽 사람들은 주로 와인 마실 때, 멜론과 하몽을 곁들여서 먹더라고요. 저는 우리집에서 딴 단감 반홍시에 하몽을 곁들여서 먹고, 식사용으로는 김밥과 토스트빵에 주로 이용합니다.

고기를 원 없이 먹을 수 있는 세상이 좋지요.
그러나 우린 너무 많이 먹어 대고 있어요.
아니 먹는다는 것보다도 많이 키우고 있어요.
대량 사육만이 경제적 이득을 준다고 생각하는 거죠.
키우다가 구제역이나 조류독감이 돌면 대형사고가 나버리는 거죠.

사육 규모를 좀 줄였으면 정말 좋겠어요.

그러면서 귀하고 건강하게 키워야 해요.

돼지고, 소고, 닭이고, 오리고 간에… 모두

귀하게 잘 키운 것들을 일부러 골라, 비싸도 사먹게 하는 거죠.

먹는 양을 조금 줄여주면 지출되는 비용은 결국 똑같아요.

진짜 부족해지면 그만큼만 수입하면 되는 거고요.

탱글탱글하고 싱그러운 몸을 가지려면,

김치류와 된장국에 밥을 먹어 기본을 채워놓고,

귀하고 좋은 고기류를 최소량만 섭취해 주는 것이죠.

그리고 운동으로 마무리를 하죠.

하루에 푸시업 20~30개, 앉았다 일어섰다 20~30개 정도면 좋아

요. 형, 누나들 앞에서 죄송, 죄송…….

참 큰누나는 제 말대로 매일 10개씩 행하고 계시는 거죠?

2017년 2월 6일 월요일

어제 큰형네랑 정말 좋은 시간을 보내셨다고 합니다.

형수님이 보내준 사진을 보니 카페 같은데도 다녀오셨네요.

항상 운동 열심히 하시라고 했어요.

팔도 오무렸다 펴고…, 복도도 많이 걸어 다니시고…,

어머니도 운동이 이렇게 좋은 줄 이제 아시겠다네요.

주말에 자식들하고 여기저기 나들이 다니려면 건강하셔야 되는데,

운동밖에 없다고 하니까, 어머니도 실감하신다면서

"늬 말을 듣고 큰 덕을 보고 있다"고 하시네요. ㅎㅎㅎ

아직까지 살아 오시면서는 일부러 운동할 필요도 없어서 새삼스러 우신가 봐요.

어쨌건 요즘 다소 좋아 보이는 것이 약 효과 때문인지 어쩐 건지 계속 지켜봐야겠어요.

주말에는 큰누나, 화영이 누나, 제가 다녀옵니다.

형수님들

어머니가 생각보다 행복하고 편안해 보였어요. 외갓집 가서 역사를 더 들려 줘서 책 쓰는데 도움이 될 거라고 기대하시고…. 아무튼 당신의 역할이 아직 남아 있어서 의욕이 넘치시는 걸 보니 형이나 나나 기분이 좋고…. 제가 어머니를 보니 참으로 말년 복은 타고 나신 분이라고 여겨집니다.

자식들이야 당연하지만 며느리인 내 가슴 밑바닥에서도 부디 이렇게라도 오래오래 사시다가 가셨으면 좋겠다는 맘이 드네요. 작은 집이 다녀갔다고 하시기에 횡설수설 하시는가 싶어 철렁했는데 사실이었더라고요. 막둥이가 매일 전화 줘서 어머니의 치매 증상을 중지시켜 버린 것 같다고…. 의사인 형들도 못했는데…. 명예 정신과 닥터 학위 드릴게요. ㅋㅋㅋ

2017년 2월 7일 화요일

어머니가 활기차신 것 같네요.

철호 형네 다니지, 큰형네 갔지, 또 누나들이랑 제가 간다고 하지….

항상 운동하시라고 했어요.

어머니 왈,

손·발로는 운동하고,

입으로는 기도하고,

눈으로는 성경보고….

몹시 바쁘게 살고 계시다고 합니다.

2017년 2월 10일 금요일

어제가 어머니 생신인데 모른 척 했어요.

혼자 쓸쓸해 하실까봐 일부러 그랬던 거죠.

내일 우리들이 가니 그때 생신 분위기를 만들어 드리면

되는 거고요.

전화 드리니,

그곳에서 해준 찰밥이랑 나물이 너무 맛있었답니다.

직원에게 웬 찰밥에 나물이냐고 물으니, 보름이라고 했나 봐요.

"오늘이 보름인 줄도 모르고 살았어야.

아따~ 이렇게 살아서 뭣 헉끄나이?

보름을 안 덕분에 내 생일도 알았어야.

어저께였드라.

보름 전 날잉께….

이상허게 보름만 되면 고 녀석이 생각나야!

너랑 보름날 불쌈허로 갔다가 감옥에 갗혀부렀냐이

고 녀석 생각 날 때마다 짝 찾아주라고 내가 간절히 기도해 준다.

곧 찾게 될 것이다"

내일 외갓집 가서 맛있는 점심 먹자고 하니 너무 좋아하시네요.

어렸을 때 저는 어머니 생신 자체를 느껴보지도 못했어요.
어머니 생신을 처음으로 알게 된 때가 스물한 살 때였지요.
몇 개월간의 공장생활을 청산하고는 가방 하나 짊어지고 집에 왔던
무렵입니다. 어머니는 제가 구정 명절 쇠러 오는 줄 아셨던가 봐요.
그대로 눌러 앉아 나도 대학 가겠노라고 하니까 열심히 해보자고
하셨지요.

그때 우리가 최고로 허덕거릴 때였었는데….

열심히 해보겠노라고 각오를 다지면서도 그땐 왜 그렇게도 보름날
만 되면 쥐불놀이나 불싸움에 빠져들었는지 모르겠어요.
방에 있으니 동네 아이들 함성이 들리네요.
엉덩이가 들썩거리며 가슴이 벌렁벌렁해져서 벌떡 일어났죠.
어머니께서 평소에는 별 상관을 안 하셨는데
그날은 유난히 저를 잡으셨어요.
이상하다 생각하면서 구시렁거리니까,
오늘만 같이 있자고 하시는데 그날따라 유난히 애잔해 보였죠.
그래도 그날은 그럴 수가 없는 날이죠.
불꽃이 날름거리며 저를 한없이 유혹해버리는데….

어머니가 애원을 하시더니만 "아가, 오늘이 무슨 날인 줄 아냐?"
고 하면서 당신 생일이라고 말씀하셨습니다.
그 말을 듣고도 생신을 처음 알게 되었다는 '철들지 못한' 저를 자책
하기보다는 못 나가게 하는 것이 더 절박하더라고요.

결국 수긍하며 주저앉으니 몹시도 안도의 숨을 내쉬셨어요.
그러다가 어머니가 다른 방으로 나가시자 끝내는 들판으로 나갔죠.
다른 지방의 저 동네와 불싸움을 끝내고 우리 무리들은 각자의 목
적지로 향했어요.
저는 어머니가 실망해 버리실까 봐 집으로 돌아 왔지만, ○○는 그 동
네로 다시 닭서리를 갔었나 봐요.
닭을 한 마리씩 잡아서 나오는데, 그 동네 아주머니 한 분이 갑자기
외쳐댔답니다.
고 녀석도 놀래서 들고 있는 작대기를 휘두르며 정신없이 도망쳐버
렸대요.
그 과정에서 그는 파출소로 교도소로 삼청교육대로 옮겨 다
니면서 6개월 정도의 기간 동안 혹독한 과정을 거쳤어요.
일 년 후배였지만 나이가 같으니 그는 지금 57세, 앞니가
다 빠져서 겉모습은 할아버지가 되어버렸는데 어머니는 여전
히 하느님께 매달리십니다. 반드시 배필을 찾아 주시겠답니다.

어머니께 외갓집 이야기 쓰기 전에 우선 쉬운 책을 하나 썼다고 했
습니다. 이 책을 일단 내일 가지고 가서 보여 드릴 테니 한번 쭉 읽

어 보시면서 고쳐도 주시고, 출판해도 되겠는지 판단해주시라고 했어요. 몹시 좋아하면서 얼른 가지고 와보라고 하시네요.

"그런 것은 내가 잘해야. 옛날에 막내 이모네 '조은'이 알지? 그 애가 국립묘지에 이장(移葬)할 외할아버지 묘비에 글을 쓰게 되었더란다. 다 쓰고는 나한테 봐 주라고 왔어야. 참말로 멋들어지게 잘 썼드라만 내가 글자 딱 세 개를 고쳐줬어야"

2017년 2월 11일 토요일

어머니 생신날이라 요양원에서 모시고 나와 외갓집에 가고 있습니다. 또 "이것이 꿈이냐? 생시냐?"고 하시면서 얼마나 좋아하시는지요…. 이야기보따리가 한없이 풀어지시네요.
외갓집 마을에 이르기 전 '얼-재'라는 마을을 지나고 있어요.
한센인들이 살고 있는데 입구가 좁아 보이고 산으로 빙 둘러 쌓여 있어서 폐쇄성이 짙게 느껴집니다.
지날 때마다 느끼는 것이지만 어째 기분이 좀 거시기해요.
그런데 어머니 말씀을 듣고 나니 이상하게도 그런 생각들이 싸악 가시네요.

"느그 외할아버지가 교장 선생님 하고 계실 때, 막내 이모가 울고불고 난리가 나부렀드란다"

뜬금없는 말씀이라 물어 본 즉, 70년대 무렵이었던 것 같은데 그 한

189

센인 마을에 분교가 생겼나 봐요. 선생님이 가서 가르쳐야 하는데, 할아버지가 막내 이모를 추천하셨나 봅니다. 막내 이모는 막 부임한 신출내기 시절이어서 무섭다고 떼를 썼는데도 결국 따를 수밖에 없으셨나 봐요.

"워메~ 막내 이모가 겁나게 거시기 했겠네요?"라고 제가 말하니까, 어머니는 너무나 당연하다는 듯이 "지가 안가면 누가 그런디를 갈 것이냐이?"라고 하시네요.

고개를 돌려 어머니를 보니 참 많이 늙으셨네요.
갑자기 제 눈시울이 좀 그래지면서,
이 생각 저 생각이 떠오릅니다.
'우리 어머니도 선생님이 되셨더라면 얼마나 좋았을까…'

어렸을 때 어머니한테 들은 이야긴데,
어머니는 당신이 외할아버지의 사랑을 제일로 많이 받으셨다네요.
같이 있으면 항상 할아버지 무릎 위는 당신 차지셨데요.
할아버지도 장녀인 어머니에게 기대를 많이 하셔서 사범학교를 보내기로 되어 있었답니다.
그런데 장질부사에 걸려 학업을 포기해야 했답니다.
어렸을 때 한참 동안 제 기억 속에 '장질부사'는 몹시 무서운 병으로 자리 잡고 있었지요.
나중에 알고 보니 그 질병은 '장티푸스'였습니다.
지금은 특별히 병 같지도 않은 병….

어머니의 변명 같기도 하고…. 하여튼 이상하다 싶었지요.

그 질병에 걸렸다고 교사의 꿈을 가지고 계셨던 분이 초등학교 졸업생으로 끝나버리다니요.

얼마 전에 우연히 그 일들이 생각나서 어머니에게

"핑계대신 거지요?"라고 여쭈니,

"장질부사도 문제였지만 계속 태어나는 동생들 때문에 걍 그렇게 된 것 같다"고 하셨습니다.

어머니가 어찌하여 현재의 '튼상태'가 되어 버렸을까?

곰곰이 어머니의 지나 온 일들을 떠올려 보았습니다.

인터넷을 뒤져 보니,

'장티푸스'가 의학사전에 이렇게 적혀 있네요.

「…… …… **중증 감염증에서는 중추신경계 증상이 발생할 수도 있다.**」

어머니는 삼촌과 이모들 때문이기도 했지만 상급 학교를 갈 수 없을 정도로 중증의 장티푸스를 앓으셨던 것 같아요.

또 십여 년 전에 버스에서 넘어져서 사고를 한 번 당하셨지요.

어머니는 노약자석에 앉으셨는데 이모님들이 뒤로 가시니까 함께 가려고 일어나려던 순간에 꾸당 넘어지셨어요.

몇 주간이나 입원해 계셨는데 머리가 많이 아프시다고 하셨어요.

제가 버스회사에 가서 난리를 쳤는데도 경찰서와 버스공제회에서는 승객 잘못이라 하여 어머니만 엄청 고생하셨지요.

이러한 과거 흔적들이 연로해지시니까 그대로 나타나는 것 같네요.
과거에 다친 삭신이 욱신거리듯이,
어머니는 뇌가 욱신거리시나 봐요.
그러니 얼마나 세심한 '배려'가 필요할까요.
2인3각 경기가 아무리 재미있어도 발목이 시큰거리는 본인이 싫다
면 하지 않도록 배려해 줘야 되는 것처럼….

가장 간단하고도, 가장 단순한 배려!
그래서 쉽지만, 더 어려운 것!
이것은 '우김질 안 하는 것!'이란 것을 늦게나마 알게 됩니다.
죽고 사는 일이 아니라면 '든사람'들에게 우김질하는 것이 가장 안
좋은 것 같습니다.

요양원으로 들어가시기 얼마 전에 어머니가 작은 어머니들이랑 우
김질을 하고 계셨어요.
자식들이나 작은 어머니들 모두가 어머니 연세를 87세로 알고 있었
어요. 그런데 갑자기 어머니가 당신 나이를 한 살 올리시는 거여요.
서로 간에 "맞다", "틀리다"를 수없이 되풀이 했죠.
그때 작은 어머니들은 제가 있는 앞에서 이제야 확실한 증거를 잡
기라도 하신 것처럼 한발치도 양보를 안 하셨습니다.
그분들도 어머니의 치매 상태가 입증이 되어야만 이제까지의 사소
한 충돌의 불씨가 어머니였음으로 확인되는 것이 필요했으니까요.
그래서 더 끈질기게도 어머니의 '든상태'를 저한테 확인이라도 시켜

주고 싶으셨나 봐요.

저도 어머니가 잘못 알고 계신다고 했지요.

그 순간 어머니가

"내 나이를 내가 알지, 누가 아느냐?"며 어찌나 험악한 말씀을 두 분에게 해버리셨던지….

그분들이 혀를 내두르셨습니다.

저도 창피하면서도 어머니가 당신 나이를 헷갈려 하시니 안쓰러웠죠. 나중에 알고 보니 어머니의 생신이 빨라서 양력이냐 음력이냐에 따라 한 살이 왔다 갔다 할 수도 있나 보더라고요.

아버지보다 한 살 위라고만 알고 있었으니 우리 모두는 지금까지 어머니의 나이를 87세로 알고 있었던 겁니다.

어머니도 시골 아낙으로서의 당신 인생살이에,

한 살 많고 적음이 큰 의미도 없었기에 그냥 살아오셨을 것이고….

저도, 아버지보다 연상이 좋을 것도 없는데 어머니는 일부러 왜 두 살을 많게 하시냐고 말했었고요.

그런데 어머니는 분명 당신의 나이를 정확히 알고 계셨으니까 그리 표현하셨을 것 같아요.

어찌 되었던 그런 것 가지고 서로 간에 따지니까 어머니 머리가 욱신거렸던 거죠. 생각해 보면 죽고 사는 일도 아니어서 따질 일도 아니었고, 결국은 어머니 말씀이 맞는 거였어요.

2017년 2월 12일 일요일

어제 어머니가 외갓집에서 덩실덩실 어깨춤을 추셨어요.

얼마나 좋은 시간들이었던지요. 한참 이야기하고 노는 도중,

외삼촌이 어머니한테 요양원이 좋더냐고 물으시니,

처음에는 지옥 같더니만 지금은 좋다고 하셨습니다.

삼촌이 왜 지옥 같았냐고 물으시니,

"내가 그래도 교회 구역장이고, 전도를 젤로 많이 헌 사람이고, 나이도 낼 모레 곧 90인디…. 사람들이 나한테 이상허게 해야.

가위 하나를 쓸라고 해도 얼릉 없어서 못 쓰겠어야.

가위 좀 필요하다고 해서 쓰고 나면 그까짓 것을 또 가져가불고…. 얼마나 불편허고 짜증날 것이야 이!"

잠시 후 작은 외삼촌 내외가 오시니 또 어깨춤을 추고 계시네요.

그 짧은 시간인데 외갓집에 계시는 동안, 어머니의 얼굴 표정이나 피부 혈색 상태가 정말로 달라지셨습니다.

순간 순간 제가 놀래 버렸어요.

조금 전 요양원에 막 도착했을 때는 평소의 그런 모습들이어서 그냥 안쓰러웠죠. 외갓집에서는 아기들처럼 밝고 해맑게 변해 있어서 다시 놀랐습니다. 이 모습이 영정사진으로 제일 좋을 것 같다는 생각이 반사적으로 들어서 여러 장의 사진을 찍어 보았죠.

돌아가는 길에 뒷좌석에 기대고 계신 표정을 보니,

원래대로 돌아와 버렸네요.

리트머스 시험지가 특별한 것이 아니네요.

사람 얼굴이 이토록 '슬픈 리트머스 페이퍼'일 줄은 오늘 처음 알았습니다. 이곳도 완전한 곳은 아닌가 봐요.

가위와 실과 바늘을 사달라고 해서 마트에 들렀습니다.

그것을 들고 너무 좋아하시네요.

또 문방구 코너가 보이니 볼펜도 챙기자고 하십니다.

형광펜으로만 성경책에 칠하시는 것을 알기에,

볼펜이 왜 필요하냐고 여쭈니,

"늬가 책 쓴 것을 고칠라믄 볼펜도 있어야겠냐 안…. 빨간색하고 파란색하고 두 가지를 사라, 다해서 네 개!"라고 하셔서,

두 개면 되지 않느냐고 말씀드리니,

"잃어버릴 것에 대비해야지"라고 하시네요.

나중에 형수님께 가위와 바늘과 실을 어머니한테 사드렸다고 하니,

소지할 수 없는 물건일거라고 하면서 다음 주에 어머니께 조심히 말씀드려야겠답니다.

아무리 생각해도 이것은 이해가 잘 안돼요.

아직 치매상태가 아닌 '튼상태'의 노인에게는 가질 수 있어야 하는 것이 맞는 것 같거든요.

집사람한테 어떻게 생각하느냐고 물으니,

자기 집에서 모시면 모를까, 그곳에 계시니 그곳 규정을 따르는 것이 맞을 것 같다고 하네요.

그런 곳에서도 두 개 동으로 나눠서 모시면 되지 않을까요?

어차피 건물도 두 덩어리더군요.

외삼촌이 이런 저런 이야기를 많이 해주시던데,

오늘따라 잠들기 전에 괜히 눈물이 막 흘러나옵니다.

드러누운 채로 눈물이 흐르고 있으니 목구멍 속도 이상해지네요.

집사람이 알아채고는 울고 있냐고 물어요.

시치미를 뗐는데도 들킨 것 같아 창피하네요.

어머니가 이토록 '튼상태'가 되신 이유가

한두 가지가 아닌 것 같아요.

깊은 밤에 인기척이 나서,

할머니가 밖을 살피시다가 깜짝 놀라셨습니다.

반란군처럼 머리가 길게 흐트러진 채 할아버지가 돌아오셨대요.

할아버지는 일본의 지배 정책에 대항하시다가 1년간 수감생활을 끝내고 한밤중에 집에 도착하셨습니다.

할머니는 너무 감격하여 할아버지를 보자마자 어린 딸인 우리 어머니를 안겨 드리셨습니다.

아직 아무 것도 모르는 너무 어린 아가였답니다.

할아버지는 어린 아가를 안은 채 한참 동안 부녀지간의 정을 표하고 계셨나 봅니다.

그런데 마침 이 때 증조할아버지가 오셨답니다.

순간 할아버지는 아기를 할머니께 던지듯 팽개치셨나 봐요.

당시 어린 아가였던 어머니는 몹시 놀라서 울음을 터트렸습니다.

제가 이해가 안 되어 할아버지가 왜 그러셨는지 삼촌께 여쭤보니,

증조할아버지께 인사드리기 전에, 당신 딸과 그런 모습을 보이는

것은 당시의 도덕으로는 '교양머리 없는 짓'으로 여기던 때였다고
말씀하십니다.

'할아버지, 그냥 어머니를 안으신 채로 인사드리지 그러셨어요?
그게 어째서요…'

'어머니, 머리 긴 할아버지가 얼마나 무서우셨어요?'

아무 것도 몰랐을 그 아기가 너무너무 안쓰럽네요.
어머니의 뇌가 장질부사와 버스 안에서 넘어졌던 이유로 그렇게 된
거라고 생각하고 있었습니다.
그런데 할아버지의 무서운 모습이 어머니의 뇌를 더 버겁게 해놓았
을 것 같네요. 외삼촌도 그럴 수도 있었겠다고 수긍하십니다.
어머니가 학업을 포기하신 이유도 제 생각이 맞대요.
장질부사를 몹시 심하게 앓으셨기 때문이었답니다.
머리가 많이 빠지시고….
할아버지께서는 어머니에게 공부하면 뇌가 힘들어지니 그 대신 마
당에 풀 뽑는 것을 권하셨대요.
왜 할아버지는 어머니께 그런 걸 권하셨을까요?
수예를 하거나 가벼운 그림 같은 것을 권하셨으면 더 좋았을 것 같
은데…. 운명처럼 왜 우리 어머니에게만 그런 것들이 진드기처럼
붙어서…. 그때부터 어머니 인생의 대부분은 마당이고 밭이고 논이
고 간에 풀 메는 일이 되어버렸네요.

'우리 어머니도 선생님이 되셨더라면 얼마나 좋았을까…'

형수님들

살아있는 것은 모두가 유한하다는 것….
생로병사의 의미를 더듬어 보고 육체적으로 고통 받지 않고 있는
것에 위로를 받으세요. 시아버지나 친정 부모님 모두 암으로 고통
받는 걸 지켜 본 제 입장에서는 어머니 본인은 행복하시다는 느낌
도 들었거든요.
인간의 존엄 따지면서 자식들이 느끼는 정신적인 고뇌는 접어 둡시
다. 어쩔 수 없는 불가항력에 맘 아파하지 말고요. 우리 모두가 가
야 할 미래입니다.

2017년 2월 13일 월요일

어머니가 저하고 통화하는 것이 낙(樂)이시라는 것을 알면서도 가
끔은 숙제처럼 느껴질 때가 있습니다.

오늘 유난히 그런 생각이 드는 날이네요.
자투리 시간을 이용하여 얼른 오늘 숙제(통화)를 끝내려고 생각하
고 있습니다. 마침 동료가 산책 겸 이야기 좀 하자면서 5분 후에 온
다네요. 동료를 기다리는 그 사이에 전화를 드렸죠.
어머니랑 맨날 통화하면서도 이럴 땐 좀 어색해져요.
어머니의 일상적인 멘트에,
"허허허" 하면서 한두 번 정도 허탈 웃음을 띠고는,
"딱히 할 말은 없는데도 걍 어머니 목소리 좀 듣고 싶어서 전화 드
렸어요"라고 했지요.

"전화 잘 했다. 나도 늬 목소리 들으면 너무 좋아야. 할 말 없다고 그런 것은 절대 걱정허지 말어라! 허다 보면 얼마든지 생긴다"라고 하시네요.

좀 어눌한 말투이지만 이야기가 줄줄줄……. 샘물 솟아나오듯 하시네요. 어머니한테 일단 여기까지만 하고 나중에 통화하자고 말씀드리니까, "지금이 젤로 차분허고 좋은 시간인디야!…"라고 몇 번을 말씀하셔요. 그땐 몰랐는데 옛날에 1분 정도 통화할 때가 이래저래 좋았네요.

2017년 2월 14일 화요일

103세 어떤 노인이 요즘 안 보이시기에 직원에게 물어보니,
돌아가셨다고 했답니다.
"오싹허긴 허드라만,
죽으면 천당 가니 무서워하거나 이상허게 생각할 것 없어야.
왜 죽었다냐고, 언제 죽었다냐고 그런 것은 안 물어보는 것이 서로
간에 좋겠드라!"라고 하십니다.

2017년 2월 15일 수요일

오늘 전화 통화에서는 그곳에 함께 계시는 어떤 할머니에 대해서 말씀을 하십니다.

"이름을 보고, 순한 마음(박−심, 92세)을 가졌으니 좋은 사람인 줄

알았는데, 말종도 그런 상말종이 없어야. 사람들이 그러는데 원래부터 악종이었닥혀냐! 나한테도 이놈의 도채비같은 ×아!, 간나구같은 ×아! 하면서 욕을 해대고…"라고 하시네요.

말씀을 듣는 순간 그 할머니의 치매끼가 연상되긴 하던데, 욕을 들은 어머니 기분을 고려하여 "90을 넘은 노인 양반이 어떻게 그리 욕을 하실 수가 있어요? 할머니들도 욕을 하신대요?"라고 말씀드리자 어머니도 좀 쑥스러우신지,

"그리고 징헝께 여기서도 아조 악종으로 내놔부렀닥혀냐"라고 하시네요.

그 할머니를 전도해보려다 끝내는,

'하나님 나도 더 이상은 못 허것소!'라고 하면서 포기하려는 순간,

하나님께서 '전도는 늬 혼자 하는 것이 아니다. 내가 도와주마!'라고 하셨대요. 결국 뜻을 이루셨답니다.

몹시 기쁜 목소리로

"내가 왜 여기를 오게 되었는지,

왜 저 사람들 속에 함께 있게 되었는지,

그 이유를 인자 알 것 같어야!"라고 하시네요.

오늘 아침 어머니의 말씀 한마디 땜에,

세상의 모든 것이 감사할 따름이며,

그만큼 또 어머니가 안쓰러워지네요.

여튼 걱정 하나가 없어진 것 같습니다.

엊그제 외갓집 다녀오면서 어머니의 시시각각 변하는 얼굴 표정 때

문에 맘이 몹시도 무겁던데….

2017년 2월 16일 목요일
전화 드리자마자 어머니께서 준비했다는 듯이 쏟아 붓습니다.

"간호사님 한 분이 그만둬부렀어야. 항상 웃는 낯이어서 보기 좋드마는…. 내가 너무너무 안쓰럽다. 여기가 그렇게 힘들단마다. 여기저기 노망든 사람들이 많응께. 그 사람들 뒤치다꺼리 허기가 얼마나 죽겠었겠냐이? 내가 여기 온 이유를 진짜 알겄다. 어떻게 해서라도 그 사람들이 주님을 알게 하고, 맘을 편안히 먹도록 만들어 줘야겠어야"

2017년 2월 19일 일요일
전화 드리니, 금방 유치원 아이들이 재롱잔치 하고 돌아갔답니다.
너무너무 귀엽고 잘 하더라며 한참을 좋아하시네요.
통화 끝 무렵에, 지나가는 인사말로 책은 잘 보고 계신지, 어려운 데는 없는지 여쭤 보았습니다.
그 말을 어머니는 다소 독촉(?)으로 받아들이셨나 봐요.
"요즘 내가 많이 바뻐야.
너도 알다시피 오늘은 유치원생들이 위문왔으니 그것 봐야지…. 성경도 읽어야지…. 목사님 설교 방송도 봐야지…. 밥 먹어야지…. 또 요새는 운동도 오래 해야……. 인자 운동이 좋은 줄 알았응께 손가락 발가락까지 돌리고 있다. 사람들하고 이야기도 좀 해야지…. 하루가 정신없이 바뻐야…. 그러고 늬가 쓴 것이 뭔 말인 중 모르겠는 디도 있드라. 그것 알려달라고 너한테 전화허겄냐? 하느님한테 뭔 뜻이다냐고 물어보고 알아차린다. 긍께 시간이 많이 걸릴 것 같다. 진득허니 좀 기다려야 쓰겄다"라고 하시네요. 이제 어머니가 바빠서 쓸쓸할 틈이 없어질 것 같네요. 원고를 감수해 달라고 미리 드린 것이 참 잘한 일이라는 생각이 듭니다.

2017년 2월 21일 화요일

"어머니가 거기 가신 이유를 알게 되셨다더라…. 이 정도면 거의 안 착하신 것 같다…. 그동안 내가 이리저리 동분서주 했었다"라고 다소 의기양양하여 집사람에게 말하니까,
"그 말씀은 곧 거기 계신 것이 지금도 이해가 안 된다는 뜻일 것"이라고 말하네요. 아이고~, 걍 저는 입을 다물고 있어야겠어요.

2017년 2월 23일 목요일

어머니 청력이 많이 떨어지신 것 같네요.
말씀하실 때는 물 흐르듯 정상인데 듣는 것은 도통 못 들으시네요.
답답하기 그지없어요.
TV 소리 때문인가 싶어 꺼보시라니까, 잘 안 꺼진다네요.
어머니는 대수롭지 않게 생각하시면서 그냥 통화하자시네요.
당신은 잘 들린다면서…….
제 말 소리가 엄청 커지는데도 한참을 못 알아들으시니 보청기가 필요한 것 같습니다.

그나저나 봄날을 몹시 기다리시네요.

"날씨가 풀려 개구리가 폴짝폴짝 뛰어다니면 우리도 나주고 외갓
집이고 창원이고 김천이고 서울이고 광주고 간에 사방으로 바람 좀
쐬러 다니자"고 하십니다.

형수님들

> 어디 다니시길 그다지도 좋아하셨던 분인데
> 얼마나 답답하실까?
> 아파서 며칠만 누워있어도 이리 답답한데요.

2017년 2월 24일 금요일

일찍 출근해야 한다며 동료 A가 일어나 불을 켜고 인기척
소리를 내니 동네 닭들이 앞다투어 울기 시작합니다.

제 생각에, 밤이 짧은 여름철에는 닭이 우리를 깨우지만 밤이 긴 겨
울철에는 사람이 닭을 깨우는 것 같아요.

그래서 오늘은 사람도 닭도 저를 깨워놓네요.

뒷집, 옆집, 건넛집, 저 건넛집 여기저기서 대여섯 마리 정도의 장
닭이 돌아가면서 한 번씩 울어댑니다.

어제 청력 때문에 어머니가 몹시 안쓰럽던데,

지금 들리는 닭울음소리 때문에 더 맘이 무거워지네요.

저는 아직 청력이 남아 있어 소리의 진수를 듣고 있기 때문입니다.

수탉들의 소리를 들으면서, 문터기가 살아있음을 직감합니다.
또 다른 쌍둥이가 있다면 모를까 제 예감이 맞을 것 같아요.
'동가식서가숙'이라는 말이 저하고는 상관없는 말인 줄 알았어요.
그런데 우리 문터기가 그 신세가 되어 있네요.
혹시 몰라서 제가 뒤뜰에 모이 그릇과 물그릇을 놓아두었죠.
그런데도 먹은 흔적이 없어 내심 속이 상하던 차였지요.
물 없이 혹독한 겨울을 이겨내기가 불가능했을 것으로 단정했고요.
그런데 오늘 확신이 생기네요.

소리가 산 쪽에서 들리니 서가숙(西家宿)이 아닌 산중숙(山中宿)인가 봐요.
매우 낯익은 소리, 우렁차면서도 명징하게 들려오는 소리….
지금 문터기 나이가 15개월 정도, 사람으로 치면 늠름해진 청년 나이랍니다. 그래서 제 귀에 청년의 소리가 들려요.
사람 키 높이의 담장도 훌쩍훌쩍 넘어 다니고, 죽음의 경계까지 갔다가도 문턱 넘어 오듯이 쉽게 살아 나온 청년 문터기!
일반 토종닭과 달리 산속 깊은 곳의 농장에서 태어난 재래종 닭이라 확실히 소리의 질감이 다른 것 같네요.
뒷집 닭소리는 좀 탁한 것 같고, 옆집 닭은 맑아 보이나 덜 힘차 보이고, 건넛집 닭은 약간의 중저음, 저 멀리 건넛집 닭소리는 여기까지 달려오는 사이에 바람기가 베인 소리….
그런데 저들끼리는 목소리 외에 어떤 리듬감이나 또 뭔가의 조율감

(調律感)이 있나 봐요. 귀를 기울이며 조용히 듣고 있노라니, 상이한 목소리는 개성으로 살아나고, 리듬감과 조율감은 기가 막히게도 서로 간에 조화를 이루게 해주네요.

단순한 악기 소리가 그 자체의 완급과 또 옥타브를 넘나드는 고저의 변화와 장단(長短) 때문에 음악이라는 생명체로 태어난다면, 이 소리들은 이집 저집의 거리 때문에 자연스럽게 생겨나는 공간감과, 닭들 저마다의 소리 맵시와, 여기에 더해지는 공기의 간섭들 때문에 이 자체가 바로 생명이 되어 세상에 뿌려지네요.
음악이 사람을 달뜨게 해주는 것이라면,
이 시간에 들리는 저 닭 울음소리는 커다란 공간에 꽁꽁 묶여져 있는 어둠을 털어내며 사람을 들뜨게 해주네요.
그리고 더 나아가서는 세상이라는 커다란 덩어리도 들뜨게 해주는 것 같네요.
모두가 들떠있는지라 세상은 쉽게 동을 트여 내고,
저도 곧바로 침대를 박차고 일어나고 있네요.
시골 마을 이집 저집의 문터기들 덕분에 여기 김천에서의 생활이 이토록 아름답게 펼쳐질 줄 정말 몰랐어요.
이웃집 사람들과도 오랜 인연이 있었던 것처럼 좋고….

오늘 아침 출근하면서, 저는 무작정 세상에 감사를 표했고,
세상은 문터기들이 차려놓은 소리의 향연 때문에 동을 트여 내었노라며 힘찬 햇살로 그들에게 감사를 표하고 있네요.

2017년 2월 27일 _{월요일}

며칠 전 외갓집에서 드셨던 매실주(차) 향이 지금도 아른거리신다고 하네요. 또 시간 나면 가서 맛보자고 하니까 무척 좋아하십니다. 그때 어머니가 "한잔 더, 한잔만 더…"라고 하시면서 너덧 잔을 맛있게도 드셨지요. 하지만 모두가 불안 불안하여 더 이상은 안 된다고 말리셨고요.

그날 우리 일정이 당일치기라서 외갓집에서 많은 시간을 가질 수가 없었죠. 어머니는 요양원에서 출발할 때부터 큰 가방을 챙기시면서 이번에는 사나흘은 걸릴 것 같다고 하셔요.

무슨 뜻인지 몰랐는데, 외할아버지 이야기를 모두 들으려면 그 정도의 시간이 필요할 것이라고 하네요.

또 사달이 생기지 않을까 몹시 염려 되었지만 일단 출발했어요.

그러던 차에 매실주를 계속 요구하시니 이러시다가 정말로 문제 생길까 몹시 불안해졌지요. 다행히도 어머니께서 모든 것을 잘 이해해주시어 잘 귀원했어요.

어머니께서 오늘 통화 중에 갑자기 할머니 친구 분을 말씀하시네요. "앞 못 보셨던 아지매 알지야? 그 양반이 봄만 되면 우리 밭에 자주 놀러왔어야. 나는 속으로, 봉사라 앞도 안보이고 꽃도 안보일 것인디, 뭣헌다고 그렇게도 자주 왔쓰끄나이? 참말로 이상허게 생각했넌디, 인자 이해돼야. 앞이 안보인 대신 코가 얼마나 좋았겠냐이. 매화꽃 냄새랑 매실냄새랑 매화나무 냄새랑이 그렇게도 좋았을 것 같어야. 아따, 나도 매실주 향이 지금도 이렇게 아른거린디…. 그 양반은 어쩠겠냐이?"라고 하시네요. 그때 외갓집에서 '어머니가 매실주 핑계 삼아 주저앉으시면 어쩌나?'라고 불안해했던 제가(우리가) 참말로 못나 보이네요.

2017년 2월 28일 화요일

어머니가 마음만 저 멀리 달려가고 계신 것 같습니다.
곧 개구리가 튀어 나올 것이고, 삼월 삼짇날에는 강남 갔던 제비도 날아 올 거라고 하네요.
그때는 여기저기 나들이 가자고 말씀하셔요.
삼월 삼짇날이 언제냐고 여쭈니, 3월 3일이랍니다.
제비가 지은 집은 항상 따뜻하고 밝은 곳이라면서, 사람도 제비처럼 좋은 장소에 집을 지어야 그 후에도 걱정이 없다고 하십니다.

문터기 소리에 확신이 생기니 며칠 전부터는 닭울음 소리를 한참 동안 듣고 있다가 잠자리에서 일어나고 있네요.
녀석의 이 소리를 끝까지 잘 기억해 두고 놓치지 말아야겠어요.
이제까지는 동물 소리에 대해서 아무 관심도 없었는데 사람들이 표기해 놓은 음이나 이름들이 상당히 절묘하게 느껴져요.
그리고 지금 생각해보니 동물 이름 지을 때도 소리와 연관되게 지은 것들이 의외로 많이 있네요.
뻐꾹뻐꾹 뻐꾸기, 기럭기럭 기러기, 따옥따옥 따오기, 꾀꼴꾀꼴 꾀꼬리, 부엉부엉 부엉이, 꾸엉꾸엉 꿩, 까악까악 까마귀…….
개굴개굴 개구리, 귀뚤귀뚤 귀뚜라미, 찌르르찌르르 찌르라기…….
꿀꿀 꿀꿀이, 멍멍 멍멍이, 야옹 야옹이……처럼 말이죠.

그런데 이렇듯 많은 동물들은 암ㆍ수 구별 없이 단순히 소리 나는 대로 표기 되고, 그들 이름은 소리에 적당한 접미어를 붙여 가볍게 지어주고 있는 반면, 닭은 굉장한 의미를 부여받고 있는 것 같아요. 우리 선조들에게 닭은 어떤 존재로 자리매김 되어있는지 새삼스러워지네요. 그리고 단어를 만들어 낼 때도 이런 부분까지 세심한 배려와 타당한 근거가 들어있는 것 같네요.

수탉은 보통 새벽에 울며 '꼬끼오'라고 표기하지요.

암탉은 알은 낳은 직후 울며 '꼬꾸닥─꼭꼭꼭'이라고 표현합니다.

암ㆍ수 둘의 소리를 이렇게 따로 쳐주는 이유가 분명히 있네요.

그리고 닭을 쉽게 표기할 수 있는 '닥'이라고 하지 않고 굳이 '닭'이라고 표기하는 것도 이해가 돼요. 먼저 '닭'으로 표기해야 할 이유는, 이들이 '알'을 낳기 때문인 것 같네요.

이름 속에 이러한 역할(의미)도 들어있는 것 같고요.

'다 왔어요', '다 먹었어요', '다 끝났어요'…처럼, '다 알낳았어요'

그래서 암탉이 알을 깐 후 산란상(産卵床)을 뛰쳐나오며, '다 알낳았어요'라고 '꼬꾸닥─꼭꼭꼭'하고 소리 지르면, 우리 선조들이 얼른 '다닭'!, 더 나아가 '닭!'이라고 명료한 맞장구로 급마무리하며 그들에게 고마움을 표해주었던 것 같네요.

소리나 이름을 지을 때도 굉장히 주관이 들어가 있는 것 같습니다.

까악까악 우는 까마귀는 원래대로 하면 '까아기' 정도로 하면 될 것 같은데, 얘들은 우리 조상에게 무척 찍혀버렸나 봐요.

흉조(凶鳥)로도 분류되어 버리고, '~마귀'라네요.

이런 그들에게 '~아기'라는 말은 차마 붙일 수 없었겠지요.

반면에 닭은 울음소리도 좋게만 표현하고 있네요.

수탉의 울음소리를 정확하게 표기하면 '꼭꼬고오옭' 또는 '꼭끼요오옭' 정도로 표기되어야 할 것 같아요.

그런데 그 표현만으로는 우리 조상들은 뭔가 허전하고 좀 찜찜하셨던가 봐요. 보상을 해주고 싶어서 그러는지 기꺼이 '꼬끼오'라고 해주네요. 이 표기는 절제미가 있고 '인간의 배려'라는 요소도 깔려있는 것 같아요. 세상의 어둠을 젖혀주니 고맙기 이를 데가 없었겠지요. 그래서 여기에는 적당히 닭울음 '소리(꼬끼)'도 들어있지만 수탉의 역할인 '의미(-오)'까지도 섞여져 있는 것 같아요.

'동이 트려하니 이제 일어들 나시오~~~'

그래서 실제로 들리는 '꼭끼요오옭'도 아니고 영어에서처럼 '코커두들두(cock-a-doodl-doo)'도 아닌 '꼬끼오'로 표기한 것 같네요.

사소한 것들일 수도 있겠는데 도대체 누가, 언제 이런 것들을 만들어냈을까 곰곰 생각해 봤어요.

세종대왕이셨을까? 아니면 주시경 선생이나 이희승 선생 같은 한글학자들이셨을까? 아니면 어떤 (동화나 동요)작가들이었을까?…….

이들 중 누군가가 했겠지만 이분들의 이미지 사이로 제 머릿속에서는, 일제 강점기 시대에 주위 사람들에게 끊임없이 한글을 가르치시고, 주인 정신을 집어 넣어주시다가 옥고를 치른 외할아버지 모습도 선명히 겹쳐지네요. 할아버지가 써 놓으신 가르침 노트에 이런 비슷한 것들이 들어있더라고요.

한때는 우리 선조들에게 이토록 대단한 존재로 받아들여졌던 닭들이 언제부턴가 오로지 알 빼내는 기계로 전락되어 초라한 신세가 되었네요. 조류독감은 여전히 기승을 부리고 있고, 세상의 닭들은 이제 미물(微物)이라서, 우리 규정에도 효과적인 방역을 위해서는 어느 정도까지를 살처분 하라고 되어있어요.

그리고 이 매뉴얼은 계속 유지될 것 같아요.

왜냐하면 AI 바이러스는 닭만 해치는 것이 아니니까요.

어머니께는 너무 딱딱한 내용들이죠?

그래도 내일이 삼일절이라 닭울음소리를 들어도 이런 저런 생각들이 걍 엉켜서 떠오르네요.

2017년 3월 1일 수요일

수화기 너머로 간호사님 목소리가 들리네요.

두 분이 무슨 말씀인가를 나누던데, 나중에 물어보니 서로 농담을 했었대요.

그러면서 어머님이 말씀하시길, "간호사님이 약을 갖다 주더라. 그 약이 그렇게도 좋단다. 쌀알보다는 작고 좁쌀보다는 커야. 긍께 딱 싸라기 크기다. 그것만 먹으면 효과가 5분 안에 바로 나타나버린다. 머리가 맑아지고, 네 살 먹었을 때 일도 기억이 난다. 세상이 참 좋다"고 하시네요.

간호사님이 얼마 전까지만 해도 이런 '튼약'을 어머니 눈치 못 채시게 먹이시려다가 들켜서 곤욕스러워하던 때가 떠오르네요.

어머니가 자식들 전화 때문에 좋아지시기보다는 바로 이 약 효과 때문인 것 같아요.

처음에 저는 어머니가 이런 약을 드셔야 된다는 것이 그렇게도 마음이 아팠었는데 지금은 생각이 달라졌어요.

90이 다 되신 분이 복용하고 머리가 맑아지신다면 그냥 소화제나 영양제 드신것과 같다고 생각하면 될 듯 싶습니다.

약 효과 때문인지 요즘 대통령 탄핵 관련 뉴스도 보시나 봅니다.

"아가, 세상이 험하고 불안할수록 사람들 마음 안 아프게 하는 것이 살아가는 지혜란다"라고 하시네요.

충남 홍성에 조류독감이 발생하여 현지에 파견 나왔습니다.

작년에는 이곳에 구제역 때문에 왔었지요.

홍성이 전국에서도 동물들을 많이 키우는 고장에 속합니다.

그런 만큼 참 안타깝네요.

많이 키우니 위험도도 높고요

공휴일인데도 도지사님이 현장에서 관련 공무원들을 격려하고 당사자들을 위로하고 있어요.

이런 일련의 것들도 중요하지만 제가 보기에는 우리나라의 축산환경을 좋게 만들려면 무엇보다도 기르는 사람들의 마음가짐이 중요한 거 같아요.

다음으로는 공무원들의 역할이고요.

그리고 소비자들의 생각이 많이 바뀌어야 될 것 같습니다.

싼 것만이 좋은 것은 아닐 듯싶네요.

좀 비싸더라도 조금만 덜 먹으면 결국은 같을 건데….

계란 한 개에 200원 정도 되는 것은 문제가 있어요.
그러니 생산자는 닭을 쥐어짜듯이 해서 단가를 맞춰야 하고…. 이런 환경 하에서 주인의 눈에 닭은 이미 계란을 만들어 내는 물건일 뿐 생명체가 아닌 거죠.

여기서부터 일은 꼬여지기 시작하고 악순환은 되풀이되는 것 같아요.

2017년 3월 3일 금요일

이른 새벽 문터기가 잠을 깨우는 소리에 평화를 느끼면서 드디어 제가 원하던 문양(文樣, 로고)이 떠올랐습니다.

언젠가는 저만의 것을 꼭 만들어 봐야겠다고 생각하고 있었지요.

문터기의 빨간색 벼슬 모양을 상징화하려고요.

그 모양이 '꿈을팜'의 'ㄲ'자와 얼추 맞아 떨어지는 것 같군요.

그리고 그 문양의 떠오르는 이미지로는 '살아남은 자의 꿈과 쓸쓸한 자유'가 동시에 그려지고 있네요.

저는 이렇게 만들어진 저의 문양으로 재미있는 실험을 해보려고 합니다. 아니 실험이라기보다는 제가 오래 전부터 확신하고 있었던 것을 확인해 보는 것이죠. 이 문양으로 저는 이 세상에서 가장 멋진 명품을 완성해보고 싶어요.

2010년에 구제역이 발생하여 수많은 소와 돼지가 매몰된 직후, 개인적으로 배 모라는 기술고문을 수소문하여 만나봤습니다.

그분은 한국인 첫 기능올림픽 금메달리스트로 구두 명인입니다.

우리나라가 1966년에 처음으로 대회에 참가했는데 그 후 거의 1등을 독차지하더군요.

동시에 옛날 공고 다닐 때, 기능올림픽 출전 희망자로서 특수 훈련을 받고 있던 친구들이 생각이 났지요.

재주가 보통내기들이 아니었습니다. 그런데 기고 난다는 사람들 때문에 이 친구들도 출전 자격을 못 얻어요.

더 놀라운 것은 이들을 제치고 대회에 나가 금메달을 딴 사람들도 생각 외로 영예를 누리지 못하더라고요.

이들 대부분은 단지 메달리스트일 뿐이었어요.

이들 중에는 월부 장사를 하거나 영업사원을 하며 생계를 잇는 분들도 있대요.

우리 사회에서 볼 때 이 메달리스트들은 단순한 기능공일 뿐인 거죠. 똑같은 명인인데 외국은 '마에스트로'라고 하여 명품의 주인공이 되고, 우리는 그냥 잊혀져가고….

배 고문님을 만나 많은 이야기를 나눴는데,
기능올림픽에서는 성적을 어떻게 평가하느냐?
어떻게 금메달을 따신 거냐?
메달을 따고 그 후로는 어떻게 되었느냐?
그리고 그 많은 기술자들이 지금은 어떤 형태로 일을 하고 있느냐?
등등을 물었죠.

그분 왈, 이래저래 되는데 한마디로 말하면 자기가 만든 구두가 제일 멋져서 금메달을 딴 거라고 합니다.

그러면 왜 우리는 제일 멋지게 만들고도 세계적인 회사들처럼 명품이 나올 수 없는지 물었어요.

우리도 심혈을 기울여 가장 값비싼 제품을 탄생시켜 보자고 결기 있게 말했지요. 이것은 저만의 독특한 생각인 줄 알았습니다.

그런데 저보다 먼저 그분을 비롯한 많은 사람들이 비슷한 생각들을 수없이 해왔더라고요. 그분에게 저의 이런 말은 이제 식상한 것들이죠. 한마디로 불가능하다고 말해버립니다.

이유는 첫째, 우리나라 사람들의 외국 명품에 대한 선호의식을 바꿀 수가 없다. 둘째로 송아지나 말의 가죽이 필요한데 우리나라에서는 이것들을 거의 소비하지 않는다. 셋째로 가죽 공정에 필요한 고급 화학약품을 만들어 낼 수 있어야 하고 더 나아가 종합적인 관련 산업이 뒷받침 되어야 하는데 열악하다고 하네요.

제가 "그래도 우리나라 사람들이 아직 재주는 있을 것이니 우리도 송아지와 말을 도축하거나, 수입을 해서라도 좋은 원단만 제공하면 최고의 구두를 만들 수 있겠네요?"라고 물으니, 단순하게 그러면 가능할지도 모르겠다고 해요.

제 생각이 바로 그거라고 좋아하는 순간,

그분이 "어찌어찌해서 한두 개는 만들 수 있을지 몰라도 수요가 적어 우리나라에서는 안 된다"고 하네요.

그분들은 자신감이 넘칠 줄 알았는데 오히려 움츠리는 것 같아 좀 허탈했습니다.

그래도 이제는 제 문양이 생겼으니 명품에 대한 접근 방식을 좀 달리 해 보려고 합니다. 내년에 아이가 성년이 되면 그 기념으로 구두 하나를 마련해 주렵니다. 문터기 벼슬 문양을 구두에 부착시켜 주려고요.

제가 만든 문양을 좋아하지 않으면 스스로 만들어 보라고 할 겁니다. 비싼 구두니 아껴 두고 좋은 날에만 신으면 평생을 신어도 될 것입니다. 구두뿐만 아니라 가방이나 옷 또는 애장품 등 대대로 이어 줄 다른 물품에도 응용할 수 있을 것 같아요.

혹시라도 이 책을 보고 자신감 넘치는 명인이 저에게 연락을 해온다면 기꺼이 그분한테 부탁할 겁니다.

(나병승, pspresna@hanmail.net)

명품을 명인이 만들고 완성은 우리가 하는 거죠.

금액은 최고 후하게 쳐줄 생각입니다.

일상적으로 통용되고 있는 세계적인 명품회사에 납품하는 가격보다 10%를 더 예상하고 있습니다. 저에게는 이 구두가 더 명품이기 때문이죠. 이쪽 업계에 있는 친구에게 물어보니,

어느 기술자가 물건을 만들어 명품 브랜드 회사에 납품을 하면 최종 소비자 가격의 20~30% 가량을 받는다고 합니다. 예를 들어 어떤 세계적인 브랜드 회사의 명품 구두가 500만 원이라고 하면, 그

기술자는 150여 만 원을 받는 거죠. 다만 이것은 들은 얘기를 토대로 추정한 금액이라 틀릴 수도 있습니다.

저는 구두를 만들어준 분에게 그보다 1할이 많은 165만 원을 지불하려고 합니다. 저는 결국 명품 브랜드 가격보다 비싼 가격을 그 명인에게 주고 구두를 얻는 것이고, 나머지 335만 원 이상의 가치는 제가 만든 문양 값이라는 자부심도 갖게 되는 것이죠.

저에게는 이것이 세상에서 하나밖에 없는 문양을 가진 최고의 명품이 되는 것이고요. 연락이 안 온다면 명인도 이제 없어진 것으로 이해하고 성수동이나 서울역, 을지로 부근을 돌아 다녀볼 계획입니다. 그중 마음에 드는 공장에 들러 최선을 다해 작품을 만들어 달라며 조건을 제시하는 거죠.

가격은 최대한 보장해 드릴 겁니다.

착용감이 좀 불편하거나 가죽의 질과 제품의 디자인이 조금 기대에 못 미치더라도 불평하지 않을 것입니다.

왜냐하면 많은 사람들이 이렇게 하다 보면 아직은 사라지지 않았을 우리의 DNA가 다시 살아날 것 같은 확신이 있기 때문이죠.

그것도 일이십 년 안에….

마찬가지 방법으로 집사람한테도 내년에는 결혼기념 선물로 핸드백 하나 사주려고요.

결혼 첫 기념일에 처음으로 단둘이 외식을 하였지요.

삼겹살에 소주를 마시면서 제가 많은 이야기를 해주었는데 집사람 귀에 하나도 안 들어 왔나 봐요.

그 후로는 결혼기념일을 모른(?)체 하던데 이 방법으로 챙겨주려고 합니다. 이 땅에서 숨 쉬고 살아가는 수많은 동물들에게 지금보다는 최소한이라도 더 나은 삶의 여건을 만들어 주면 우리의 축산 환경은 엄청 개선될 수 있다고 생각해요.

방역에도 직·간접적으로 많은 영향을 주게 되지요.

또 우리의 살림살이가 조금이라도 더 나아지려면 저뿐만이 아니라 많은 사람들이 자기만의 문양을 가져 볼 필요가 있다고 봅니다.

우리나라에 훌륭한 명인들이 있음에도 불구하고 세계적으로 이름난 명품 브랜드가 없는 것 같으니 더욱더 절실해 집니다.

홍성 오리 농장에 나와 조류독감 때문에 매몰되는 녀석들을 보니 여러 생각이 떠오르고 아쉬움 또한 커지네요.

앞으로 우리 소비문화는 좀 더 다양한 형태로 발전되면 좋겠습니다. 지금처럼 국내·외의 고급 브랜드를 선호할 수도 있고, 또 하나는 문터기의 문양처럼 각자가 자기 로고를 활용하여 명품을 완성하는 거죠. 후자가 많을수록 우리나라의 명인들은 다시 살아날 것입니다.

우리가 이런 문화를 만들어 갈 때, 가죽을 제공하는 우리의 동물들은 당연히 귀한 대접을 받게 될 것입니다.

몸값이 올라가는 만큼 규모를 좀 더 줄여도 경영상 손해는 없을 것이고, 곡물 수입량도 줄어들고, 동물들은 보다 더 쾌적한 환경을 갖게 되고, 명품 브랜드에 대한 가치의 변화도 생기고, 자부심도 생기고, 우리의 골목골목에서 명인들의 가위질 소리, 바느질 소리가 늘어나며 여러 가지 순기능이 많이 생겨날 것입니다.

그리고 이런 문화가 점점 발전되어 우리 다음 세대 정도 되면 우리의 명품 문화 또한 하나의 트렌드가 되어 외국인들도 우리의 명품 거리와 명인을 찾아 올 것입니다.
그들도 그들만의 로고를 가지고 싶어 하는 사람들이 분명히 있을 테니까요.

'어머니! 이러한 제 생각이 오지랖이 아닌 의미 있는 소리가 되도록 기도 많이 해주세요'

2017년 3월 6일 월요일
간호사님에게 전화가 왔습니다. 이만저만한 이유로, '미소방'에서 '희망방'으로 옮겼으면 좋겠는데 괜찮은지 묻는 내용이었습니다. 설명대로라면 모든 조건이 더 좋더라고요.
좋을 것 같다고 대답해 놓고 한참 후 그래도 약간 신경이 쓰여 어머니께 의향을 여쭈려고 전화를 드렸습니다.
어머니께서 워낙 '미소'라는 단어를 좋아하셨기 때문이죠.

"미소라는 말도 좋지만 희망이라는 말이 더 좋아야. 내가 온 세상 사람들한테 미소를 줄 수 있어서 그 말이 그렇게도 좋던데, 희망은 내 이야기 같아야. 나도 희망이 있는 것이 좋제이…. 안 그러겄냐? 그러고 이 방으로 오니까 산이 잘 보인다. 남쪽이라 햇빛도 아조 짱짱허게 들어오고…"

2017년 3월 7일 화요일

오늘도 전화 드리니 잠깐 제가 드린 책 원고를 읽어 주시는데 옛날처럼 성경 읽듯이 쭉쭉 못 나가시고 떠듬떠듬 읽고 계십니다.
기분이 몹시 좋다면서 "잘 썼다. 내 손주 녀석들 이야기라 더 실감 나고 재밌다. 여기서는 나만 그 책이 있어야. 다른 사람들도 그런 책 하나씩 있으면 안 심심하겠더라. 보고 또 본다. 그래도 신물이 안 나야. 늬가 어렸을 때 덜렁덜렁허니 컸었는데 애들은 차분허게 키운 것 같드라"고 하시네요.

제가 원고 속의 '치매'라는 글자를 모두 매직으로 지워서 드렸는데 그런 부분을 지적하셔요.
"늬가 꺼멍게 칠해 분디는 나도 뭔 말인가 모르겄어야! 처음에는 하나님한테 물어 봤는디 그래도 안 되겄드라. 그러고 꺼먼디 말고도 잘 모른 데는 나중에 누가 오면 물어 볼라고 표시해 놨다"
그 부분을 아예 삭제해버리고 드릴 걸, 몹시 안쓰럽네요.

2017년 3월 11일 토요일

며칠 전만 하더라도 어머니가 말씀이 많았는데 요즘에는 이상하게 도 이야기보따리가 비워졌는지 대체로 조용히 계시네요.
그래서 날씨나 식사 이야기가 끝나고 나면 서로가 할 말이 없어져 약간의 침묵이 흐르곤 합니다.
이런 것이 더 좋은 건지….
그래서 다음에 또 전화 드리겠노라고 하면, "나는 지금이 젤로 한긋 지고 좋은디야!" 라고 하셔요.
그동안 어머니가 시간 개념 없이 말보따리를 풀어놓으시는 것 때문 에 우리가 힘이 들어 했는데 이제는 오히려 어머니가 저희들의 말 보따리를 듣고 싶으시나 봅니다.
저는 대부분 할 이야기가 별로 없는 것 같고….

오늘도 문터기가 잠을 깨우는 소리에 눈을 떴습니다.
토요일이라 마음이 가벼워서 그런지 문터기의 쓸쓸한 자유보다는 꿈을 꾸고 있는 모습이 머리에 더 그려지곤 하네요.
통화할 때 어머니께 드릴 말씀도 점점 없어져 가는데 문터기와 같 이 꿈꾸며 이것이라도 좀 짜내어 한참 동안 써 먹을 이야깃거리로 만들어봐야겠어요.

어머니에게 들려드릴 이야깃거리를 지금 드러누워 있는 채로 상상 을 하고 있습니다.

이것은 13C에 있었던 고려(king)와 몽골(khan) 간의 전쟁을 모티브로 했습니다. 40여 년간에 걸친 9차례의 참혹했던 전쟁을 평화로 승화시킨 놀이인데, 킹&칸즈 게임(일명 '킹칸')이라고 합니다. 기존 게임과는 차별화된 말과 사람, 드론이 어우러지는 축제형 복합 말경기입니다. 이를 통해 과거의 역사를 거울삼아 미래 지향적인 가치를 추구하고, 더 나아가 21C 4차 산업시대에 맞는 첨단형 드론 및 말 산업 융성에 보탬이 되어보고자 합니다.

넓은 초원에서 기수를 태운 말들이 달리고 있네요.

말이나 드론의 시합 같기도 하고 놀이 같기도 합니다.

우리나라 사람(고려인)들과 몽골인들이 함께 경기를 펼치고 있네요. 그런데 눈에 익숙한 일반적인 기존 방식의 경기가 아니고, 좀 이상해요. 한 경기인데 마주치기, 단거리, 장거리 시합이 통으로 묶여 있습니다. 같은 쪽(그룹)에 서로 다른 두 팀(청팀/홍팀)이 섞여 있으며, 다른 쪽에도 자기편이 들어 있습니다. 그 이유는 위의 세 가지 형태 경기를 동시에 치르기 때문입니다

게임은 이렇게 진행됩니다. [그림 참조] 양쪽에 80마리의 말(각 팀 10줄씩 4열)이 중앙의 결승선을 마주보며 정렬한 후 출발 신호에 따라 일제히 뛰어 나갑니다. 깃발은 통 속에 가는 끈으로 연결되어 있어 한 쪽에서 당기면 다른 쪽에서는 빨려들어가기 때문에 먼저 취해야 합니다.

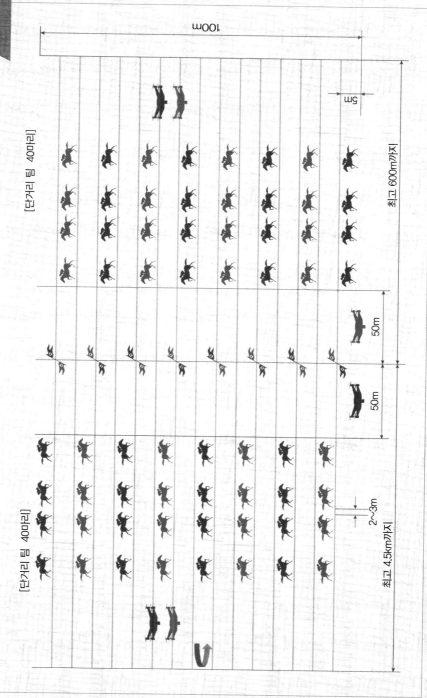

그림 1

킹칸즈 (King Khan's) 게임 응용 드릴

[단거리 팀 40마리]

[단거리 팀 40마리]

100m

5m

최고 600m까지

50m

50m

2~3m

최고 4.5km까지

중앙선을 통과한 즉시 단거리 그룹은 600m 시합으로 돌입합니다.

반대 방향의 장거리 그룹도 같은 방법으로 9km를 달립니다.

드론도 몇 대씩 참여합니다.

기다란 형태의 백사장과 달리 트랙 형으로 된 공간에서는 큰 트랙 안쪽으로 작은 트랙 코스를 만들어 운영할 수도 있습니다.

양 팀이 대결하는 청·백전과 달리 여러 팀이 한꺼번에도 게임을 벌일 수 있습니다.

각 열의 말은 각각의 임무를 탄력적으로 정해 주고 인센티브를 줍니다.

각 게임마다 경기 결과에 따라 인센티브를 줍니다.

마주치기는 양 쪽의 말이 마주보고 달려온 후 서로 지나갑니다.

9차례 열리게 되는데 이때의 숫자 '9'는 고려와 몽골 간에 치렀던 9회의 정규전을 의미합니다. 매회 경기를 할 때마다 통과 시점에서 깃발을 취하고, 9회까지 획득한 총 개수로 양 팀의 승패를 구분합니다. 또 단거리 게임 중, 개별전은 제1열 말의 개별 성적으로 정합니다.

단거리 게임 중, 단체전은 제4열 말의 개별 성적으로 정하는데 3위까지 뽑아 2마리 이상이 들어있는 팀이 승리하게 됩니다.

장거리 게임도 단거리와 동일하게 운영합니다.

드론의 역할은 말의 정보(배정 위치, 속도, 연령 등), 말이 달리는 지형 등의 상태, 서행으로 연습 중인 말의 컨디션 등을 화면으로 자기 팀 킹/칸에게 화면으로 보고하는 것입니다.

킹/칸은 본부 화면에 나타난 정보 등을 근거로 경기 시작 전 승패를 예상, 답안지(복권표)를 작성해 운영 본부에 전달합니다.
정해진 시간 내에 더 정확한 결과를 맞힌 드론 팀이 승리합니다.

경기 내용과 판정 기준이 상당히 특이한데 그 이유가 현재의 글로벌 기준에서 우리 혈통의 말들은 체구가 작아 도저히 장점을 발휘할 수 없기 때문입니다. 이 내용대로라면 항상 이류 또는 삼류 신세를 벗어날 수가 없지요. 그러나 그들도 한때는 고구려 고분 벽화에서 보듯이 호랑이 사냥에 이용될 정도로 용맹했다고 합니다.

또한 몽골 말들은 당시의 몽골인과 함께 나름대로 최고의 역할을 해냈다고 합니다.

이렇게 작은 체구라는 단점을 지니고 있지만 인간의 의도와 쓰임에 따라서는 최적으로 부합될 수도 있는 것이죠.

따라서 그들만의 장점도 발휘될 수 있는 기회를 가져보기 위해서입니다. 지혜로우며 힘이 있고 담대해야 만이 어려운 코스에서 날뛰지 않고 멋지게 수행해 낼 수 있습니다. 그런 말들이라야 이 게임은 진행될 수 있습니다. 게다가 여기에서 두각을 나타내는 말들은 소위 명마(名馬)가 되는 것입니다.

앞서 얘기했듯이 놀이의 정식 이름은 '킹&칸즈 게임'입니다.
13세기에 일어난 고려와 몽골 간의 전쟁을 21세기 버전으로 재구성해 본 것입니다. 전쟁의 배경이나 내용, 역사적 의미 등등은 일단 미루고 오로지 동물과 관련이 되는 일을 하는 수의사의 시각에서

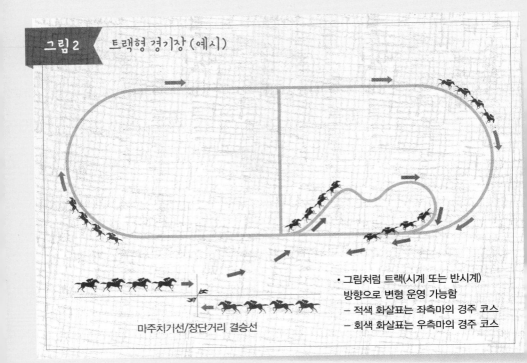

그림 2 ─ 트랙형 경기장 (예시)

- 그림처럼 트랙(시계 또는 반시계) 방향으로 변형 운영 가능함
  - 적색 화살표는 좌측마의 경주 코스
  - 회색 화살표는 우측마의 경주 코스

마주치기선/장단거리 결승선

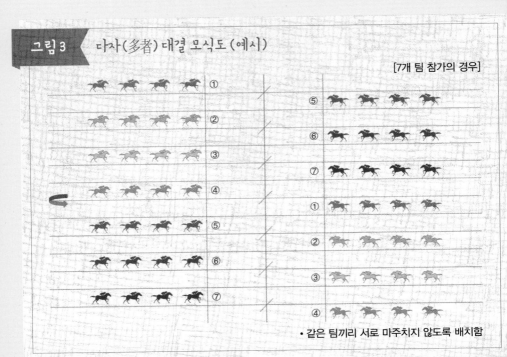

그림 3 ─ 다자(多者) 대결 모식도 (예시)

[7개 팀 참가의 경우]

① ② ③ ④ ⑤ ⑥ ⑦

⑤ ⑥ ⑦ ① ② ③ ④

- 같은 팀끼리 서로 마주치지 않도록 배치함

그림4 답안지(예시)

단체전	예상전(드론)			마주치기(말)			단거리(말)		장거리(말)	
	청	무	홍	청	무	홍	청	홍	청	홍
구 분	0	1	2	3	4	5	6	7	8	9
개별전 마주치기	☐	☐	☐	☐	☐	☐	☐	☐	☐	☐	끝자리 숫자만 동일 하면 됨
단 거 리	☐	☐	☐	☐	☐	☐	☐	☐	☐	☐	
장 거 리	☐	☐	☐	☐	☐	☐	☐	☐	☐	☐	

그림5 로고와 깃발

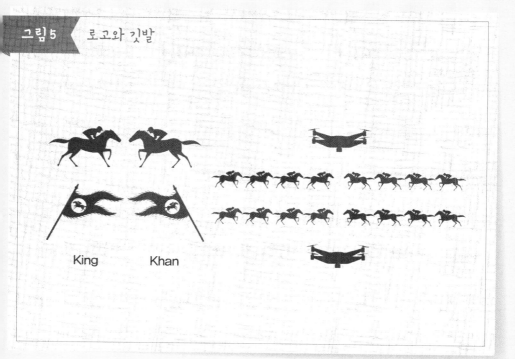

King   Khan

해석해 '게임'으로 엮어 본 것입니다.

이 게임에서 특이한 것은 드론이 등장한다는 것입니다. 이것은 고려와 몽골이 전쟁할 당시의 매(鷹)와 관련이 됩니다.

고려가 40여 년이라는 기나긴 시간 동안 몽골과의 전쟁에서 버텨낼 수 있었던 것은 당시의 국·내외 정세 변화가 그 배경으로 역할 했겠지만 저는 '매를 이용한 정보전 덕택'이라고 상상해 봅니다. 그런 의미에서 킹&칸즈 게임에 매를 상징하는 드론을 등장시켰습니다.

게임 운영은 파주(가능하다면 개성)에서 일 년에 9회를 치르고 강화도, 진도, 제주도에서 40회를 나누어 치러요.

이 지역은 여몽전쟁과 더불어 삼별초의 족적이 찍힌 곳들입니다.

이 경기는 마주보고 달려야 하는 전쟁의 속성을 바탕으로 하는 것이기 때문에 스피드나 지구력도 중요하지만 가장 중요한 것은 담력입니다. 담력을 갖추어야만 승리할 수 있는 것입니다.

즉, 말이 담대해 작은 움직임에도 날뛰지 않아야 '킹칸'을 잘 치를 수 있습니다.

세계대회도 만들어 국제간 교류도 합니다.

40주 동안 치르는 국내 경기 상황들은 복권이나 스포츠토토 등의 베팅 자료로 활용됩니다.

복권이나 스포츠토토를 해야만 하는 이유는, 자체 비용이 적절히 확보 되어야 이 경기가 지속적으로 운영이 되고, 또 그래야만 관련 산업이 두루 유지·발전할 수 있기 때문입니다. 또한 복권을 계기로 일부 사람만이 아닌 온 국민들로부터 말 관련 이벤트가 관심과 사랑을 받을 수 있기 때문입니다.

답안 작성 요령

단체전에서는 ❶ 예상전 ❷ 마주치기 ❸ 단거리
❹ 장거리의 문제가 있으며 이 중 어느 팀이 승리할 것인지

개별전에서는 ❺ 마주치기 ❻ 단거리
❼ 장거리의 문제가 있으며 이 중 어느 말이 승리할 것인지 각각 맞추면 됩니다.

이 게임은 스포츠와 축제 개념이 동시에 들어 있으며, 복권 등의 자료로 활용되기 때문에 주말에 실시간으로 생중계 됩니다.
그래서 현지뿐만 아니라 안방에서도 볼 수 있습니다.

어머니한테 놀이의 목적이나 기대 효과는 이렇게 설명 드릴 예정입니다. 이것을 어머니가 잘 이해하고 저와 함께 잘 엮어내 주신다면 어머니의 뇌는 우리가 우려하지 않아도 될 '튼 상태'임이 증명되는 것입니다.

첫째

말(馬)은 소, 돼지, 닭, 오리 등 타 동물과 달리 구제역이나 조류독감에 걸리지 않을 뿐만 아니라 오랜 세월 인류와 함께 살아오면서 타 동물보다 독특한 역할을 수행해 냄으로써 인간 욕구에 끝없이 부합해 왔습니다. 이를 감안할 때, 그

들의 잠재력을 꾸준히 활용해 제2의 말 산업 융성으로 연결시킬 필요가 있습니다.

둘째 현재 21세기 4차 산업시대에 활용되고 있는 첨단형 드론과 연계함으로써 말(자연), 인간, 드론(4차 산업) 간의 활용도를 높이고 온라인 게임 및 증강현실(VR) 분야로 확대 적용할 계기를 마련합니다.

셋째 이 게임으로 말 산업 등 관련업이 안정적으로 정착할 수 있도록 토대를 마련합니다. 공익적 특성이 강한 복권과 연계할 수 있는 근거를 마련할 뿐만 아니라, 기존과는 다른 게임방식을 도입해 우리 혈통의 말이 가진 장점을 최대한 살려냅니다. 자연스럽게 유럽 등 타국가의 경기 개념과 차별화된 게임으로 발전시켜 나갑니다.

넷째 당시 몽골제국과 어떤 식으로든지 관련(전쟁)이 된 나라에는 게임 내용을 홍보하고 참여 범위를 확대시켜 대회를 관리 및 주관해 나가는 것입니다.

외할아버지는 사범학교를 졸업하고 선생님이 되신 후 공부 시간마다 학생들에게 한글을 가르치고 민족 자주 정신을 많이 강조하셨다고 하네요.

일본인 교장에게 간간히 발각이 되었고, 결국 할아버지가 그들의 눈엣가시가 되었습니다.

그러던 중 1929년 11월 3일에 광주학생독립운동이 일어납니다. 이런 저런 이유로 할아버지는 일본 경찰들에게 요주의 인물이 되어 있었고, 뒷조사 결과 '성진회' 회원이었다는 것이 발각되어 1년 정도의 감옥생활과 7년간의 보호관찰 대상이 되었네요.

몇 줄 되지 않은 이 정도가 국가 자료에 기록된 할아버지의 공식적인 독립운동 내역입니다. 하신 것도 아니고, 안 하신 것도 아니고….

성진회는 광주학생독립운동의 산파 역할을 하였으며 자료를 보니 '광주지역 학생운동의 지도적 학생결사로서 항일민족독립이라는 한 민족 공통의 대국적 상황을 학생의 처지에서 집약하고 광주학생계의 현실에서 조직화한 항일적 교양과 저항을 목적으로 하였다'고 설명이 되어있네요.

할아버지는 출감 후 교편생활도 못하시고 백수가 되어 누에치며 사셨답니다. 그러다가 전쟁이 본격화되자 젊은 남자 선생님이 부족해 다시 발령을 받아 선생님이 되셨네요.

감옥에서 겪은 고문 후유증 때문이었는지 할아버지는 늘 다리가 아렸던 것 같습니다. 어렸을 때 형이랑 외갓집에 가보면 항상 외사촌 형제 둘이서 식사 후 할아버지 다리를 밟아 드리곤 했었죠. 아프셨을 것 같은데 사촌들은 우리 형제까지도 올라오라고 해요. 고등학교 때까지도 지속되었는데 손주들 4명이 할아버지 양 다리 위로 올라가 한참을 밟아 드리곤 했어요.

추서(追敍)란 사람이 죽은 뒤, 그의 생전 공훈에 따라 훈장을 주는 것이라고 합니다.

우리 정부는 할아버지의 공을 인정해 추서를 내렸답니다.

뒤늦게야 왜 할아버지가 정부로부터 추서되었는지 평소 할아버지의 인품으로 보아 그 이유를 알 것 같습니다.

할아버지는 당신이 행한 그 정도를 가지고서 국가에 봉사했다고 보지 않으셨을 것 같습니다.

왜냐하면 그분은 양국이 전쟁 중인 것으로 인식하셨을 테니까요.

언젠가는 우리가 이길 수밖에 없을, 또 이겨내야만 할 기나긴 전쟁인 것이며, 전쟁 중에 조그마한 어떤 것을 했을 뿐….

상해에 있는 우리 임시정부에 보고할 가치가 있을 정도의 일을 했어야 공을 세웠노라고 하셨을 것 같습니다.

할아버지를 가장 많이 닮으셨다는 어머니가 항상 이렇게 표현하셨죠.

"우리나라는 일본과 끝없이 싸워서 나라를 찾은 것이다. 이렇게 오래 싸운 경우는 세계에서 우리나라밖에 없단다"

라고 말이죠.

그 결과 할아버지가 그때까지는 독립유공자가 아니셔서 우리 7형제는 끝까지 학비면제 대상에 오르지도 못하고 어머니 아버지만 숨이 헉헉거릴 정도로 고생하셨네요.

할아버지가 돌아가시기 불과 얼마 전 제자들과 후손 몇 분이 작심하고 그 내역들을 정부에 신고했죠.

국가 기록 자료와 신고 내용이 그대로 일치되어 공을 인정받으셨고요. 그래서 학교 교정에서 할아버지의 연설 등 조촐한 행사가 있었죠. 오랜만에 할아버지의 주옥같은 말씀을 들을 시간이 왔습니다.

그런데 할아버지는 우리를 아연케 하시고 말았습니다.

제자 몇 분이 연단으로 서둘러 올라가서 모시고 내려오네요.

할아버지는 초등학교 아이의 지적 수준이 되어 있었습니다.

그리고 마이크를 더 잡고 계시려는 몸짓을 하셨고요.

당신이 무슨 공을 세우셨고, 오늘 당신의 존재가 어떤 것인지를 모르시더라고요.

저는 앞으로 광복절을 '종전일'로 개념을 바꾸어 생각하기로 했습니다. 우리의 선조들은 끊임없이 싸웠었고 우리의 상대는 그 상황에서 패했으니까요. 우리가 과거의 아픔에 머물지 않고 미래의 희망으로 나아가야 한다면 더욱더 새로운 환경을 모색해야 한다고 말이죠.

국가도 인간처럼 생로병사의 과정을 가질 수밖에 없을 것입니다. 정복이 자랑도 아니고, 침탈당한 것이 부끄러운 일도 아닌 것. 생로병사의 과정을 겪어보지 못한 나라가 있다면 이제 생겨난 지 얼마 되지 않은 나라이겠지요.

우리처럼 유구한 세월을 살아온 민족이라면 그 속에서 교훈을 새길 수 있는 역사도 풍성할 것이라고 생각됩니다.

그중에서 저는 일본과 관계된 것 말고 다른 것 하나를 선택하겠습니다. 몽골의 성장기에 휩쓸려 그때도 지난 100년 전과 똑같이 우리는 무너졌지만 그래도 나름 의미를 갖게 해준 몽골과의 40여 년간 저항 전쟁, 80여 년간 간섭기간이 바로 그것입니다.

똑같은 저항 전쟁! 하나는 40년짜리… 또 하나는 35년짜리….

이왕 교훈을 삼으려면 저는 더 길었던 40년짜리, 또 끝까지 버텨보았던 몽골과의 참혹한 시기가 더 교훈적일 것 같은 생각이 듭니다. 그 역사와 정신이 지금은 거의 박제되어 있는 것처럼 보이지만 숨결을 조금만 불어 넣으면 바로 먼지를 툴툴 털고 꿈틀거릴 것입니다.

새벽잠에서 깨어나 문터기와 함께 꿈꾸던 내용물이 바로 '킹칸'입니다. 몽골의 팽창 역사를 세계인 모두가 다 알고 있을 것입니다. 그러나 우리의 항몽 역사는 거의 모를 것입니다. 제가 '킹칸'에서 그려본 경기는 항몽 전쟁을 그대로 묘사해 교훈적이면서도 재미있는 놀이로 거듭날 수 있을 것입니다. 따라서 제 생각에 콘텐츠로도 무난할 것 같아요. 저는 이것을 소재로 운영 방식과 내용 그리고 참여 범위를 어머니와 함께 연구해 보려고 합니다.

2017년 3월 15일 수요일

어머니한테 말과 관련된 것을 생각하고 있는 중이라고 하니까,

"말 키울라고 그러냐? 늬가 동물을 많이 좋아하긴 했지야?"

라고 하시네요. 키우는 것이 아니고 재미있는 놀이를 만들어 세계 사람들에게 전파를 시켜보고 싶다고 했죠. 그러면서 말과 관계되는

것 중 재미있는 이야기 좀 해달라고 하니까 다른 것들은 많이 아시
는데 이쪽으로는 거의 모르시네요.

한참을 기다려드리자 "생각났다. 사람은 태어나면 서울로 보내고
말은 제주도로 보내라는 말이 있단다"고 한 말씀 하시고는 또 침묵
하시네요.

어머니가 말띠인 것도 오늘 처음 알았습니다.

또 없으시냐고 물으니 한참을 뜸들이시다가 '몽고의 밤'이라고 하시
네요. 월남의 밤은 들어본 것 같은데 이 말은 틀린 것 같아서 몽고
의 밤도 있느냐고 여쭸죠.

있다고 하시네요.

"아하, 신라의 밤을 착각하신 것 아니어요?"라고 여쭈니
신라의 밤이 아니라 '신라의 달밤'이라고 고쳐주네요.
제가 끝까지 "아닌 것 같은데?"라고 하니까
어머니는 "내가 맞단마다. 맞아요~오"라고 하시네요.

아차 싶어서 "그래요, 몽고의 밤이네요"
"어머니가 맞았어요" 하면서 마무리했습니다.

우린 또 깨알만큼 사소한 것으로 또 '우김질'을 할 뻔 했어요.
나중에 알고 보니 남인수 씨 노래 '몽고의 밤'이 정말 있네요.

2017년 3월 18일 토요일

어머니와 외삼촌 내외분을 모시고 나들이 다녀왔습니다.

그리고 귀원 중에 외갓집에 들러 매실주 한잔 마시고 있습니다.

삼촌과 많은 이야기를 나눴는데 어머니도 연신 미소를 띠며 듣고 계시네요.

삼촌이 광복회 회원인 것을 오늘 알았고, 자연스럽게 8.15와 관련된 몇 가지에 대해서 여러 의견을 나누었습니다.

그리고 8월 15일을 우리는 '광복절'이라고 하지만 가장 객관적인 역사적 사실은 '일본패망일'이라는 것도 알게 되었습니다.

그렇게 되면 그동안 우리가 불러 왔던 그날을 '독립', '해방', '광복'이라고 표현하면 좀 이상할 것 같아요.

이 세 가지는 모두가 '비주체자'로서의 표현일 것 같다는 생각이 드네요. 누군가가 우리를 독립시켜 주고, 해방시켜 주고, 광복시켜 주고…. 그러나 '주체자'의 위치에서 표현한다면 뭔가 다른 표현을 찾아야 맞을 것 같습니다. 우리가 35년 동안 싸워 온 '마지막 날'을 뭐라고 표현해야 맞을까요?

제가 역사 공부를 많이 못해서 횡설수설하고 있는지는 모르겠습니다만 한 가지 사실은 알고 있습니다. 역사를 왜곡해서는 안 되지만 역사를 보는 시각은 다양할수록 좋을 것 같다는 것이죠.

그런 의미에서 할아버지는 독립유공자이기보다는 '참전자'가 되겠네요. 한글을 가르치시고, 민족정신을 강조하셨다고 하니 심리전 수행자였을 것 같습니다. 그리고 심리전뿐만 아니라 육박전도 하셨네요. 동료 교사인 일본인이 할아버지에게 '조센징'이라고 하며 2등 국민 취급하니까 돌로 일본인의 머리를 찍어버려서 교장한테 또 곤욕을 치르셨다고 하니까요.

귀원 길에 어머니께 오늘 즐거우셨냐고 여쭈니까 "여자가 친정 가는 것만큼 즐거운 일이 또 있겠냐?"라고 하십니다. 또 할아버지 이야기도 이 정도로 마무리하면 안 되겠느냐고 여쭈니 "여러 번 되풀이 하다 보면 남들이 교만하다고 하겠다. 그만하자"라고 하셨습니다. 정말 그래도 되겠냐고 재차 여쭈니 "늬가 원래 얼사덜사(얼레덜레)한 사람인데 책 쓴다고 얼마나 머리가 무겁겠냐? 그만해라. 그리고 사람들이 조금은 궁금해 하는 것이 좋지 않겠냐?"라고 하시네요.

우리 어머니 정말로 '트신 것' 맞죠?

2017년 3월 29일 수요일

엊그제 통화할 때, 오늘이 큰누나 생일, 그 다음이 둘째 누나 생일, 연이어 작은아버지 생일이라고 다 기억해 말씀하십니다.
그러면서 큰누나 축복기도를 해주었다고 하시네요.
저도 누나들과 작은아버지께 축하 전화를 해드리려고 생각하고 있었죠. 그런데, "음력 3월 ○○일이니까 바로 오늘 아니겠냐?"고 하

237

시더라고요.

이상하다 싶었죠. 음력이니까 약 한 달 정도 후의 일이어서….

바로 아닌 것 같다고 말씀드렸죠.

어머니가 "음력 3월 ○○일이니까 바로 오늘이여야. 오늘이 3월 ○○이잖냐?"라고 하셔서 제가 그냥 맞는 것 같다고 하였습니다.

오늘 통화 중에 제일 먼저 그 말씀을 꺼내시네요.

"늬 형수하고 통화허다가 알았다만 내가 이상헌 짓을 해부렀단마다. 당아* 돌아오지도 않은 생일인디 그것도 모르고 축복기도를 해부렀어야. 하나님한테도 얼마나 챙피헐 것이냐이…. 그래도 이건 알아줘야 헌다…. 내가 늬들을 얼마나 사랑허믄 이러겄냐? 여기 있음서 그 생각만 허고 있응께 그래져 불드란마다"

＊ 당아: '아직'의 전라도 방언

2017년 3월 30일 목요일

둘째 누나와 이런 저런 가벼운 이야기를 하다가,

출판사와 계약을 했고 곧 책을 만들어 낼 거라고 하니 좋아라 하더니만 나중에 연락이 왔습니다.

출판사가 일을 시작해 입은 손해는 누나와 내가 반반 보상하는 것으로 하고 책 출판하는 것을 중단하는 것이 좋겠답니다.

숙고해 본 즉, 문터기 이야기가 너무 와 닿아 책으로 써보자고 했던 건데 결국은 어머니 치매 이야기라서……

어머니가 당신 책을 보시면 너무 마음이 아프실 것 같답니다.

하지만 중론을 거쳐 그래도 출판하는 쪽으로 가닥을 잡았으니 그리 아시기 바랍니다.

2017년 3월 31일 금요일

드론을 아시느냐고 여쭈니 '세숫대야'만한 것이 공중에서 날아다니는 것으로 알고 계십니다.

TV에서 보셨다면서 왜 묻냐고 하시네요. '날뛰기' 놀이를 계속 설명하면서 사람과 말과 드론이 한꺼번에 쏴다니는 것이라고 했어요. 잘 되도록 열심히 기도를 해주시겠답니다. 그리고 재미는 있겠다마는 너무 빠지지는 말라고 하시네요. 머리 아프면 안 한 것만 못하답니다.

제가 뉴스를 보니 요즘 할머니들이 치매에 많이 걸리신다고 하면서 어머니도 얼마든지 그러실 수 있으니 운동 열심히 하시라고 했어요. 그렇잖아도 그곳에 그런 사람들이 많다고 하시네요.

어머니가 아시는 노인 한 분은 공부를 많이 한 사람인데도 노망이 들어 요양원이 자기 집이라고 하면서 다른 사람들한테 나가라고 한답니다. 그러면서 치매는 뇌에서 온다고 하시네요.

그것을 알기 때문에 당신은 기도를 많이 하고 끊임없이 성경을 읽으며 머리를 쓰고 있으니 염려가 없다고 하셔요.

또 쌀알보다 약간 작은 약을 먹고 있으니 더 걱정을 붙들어 매라고 하시네요.

그 약을 먹으면 머리가 몹시 맑아진대요. 약을 많이 신뢰하시고 영양제 정도로 알고 계시더라고요. 혹시 안 드시면 어떠실 것 같은지를 여쭤봤더니, 괜찮을 것 같으나 일부러 챙겨주니까 드신대요. 그리고 그 약은 할아버지의 공덕과 자식들의 관심 때문에 당신이나 얻어먹고 있는 거라고 하시네요. 식사 배달 때 약도 주는 것으로 알고 있어서 다른 사람들도 얻어먹는지 살짝 복도에 나가서 살펴보니 그분들에게는 안 주더랍니다.

당신이 이빨은 실패했으나 치매는 자신한다고 하시네요. 또 자식들한테 짐이 안 되려면 운동을 열심히 해야 한다고 하시네요. 어머니 치아가 걱정되어 상태가 어떠시냐고 여쭈니 괜찮다고 하십니다. 치과병원에서 원래 어머니가 원했던 대로 안 해주어 버럭 화를 내버린 것이 너무 후회되신답니다. 예수님도 실수를 하시고, 우리 아들도 의사인데 내가 무슨 짓을 한 건가 싶더래요. 여하튼 어머니와 통화를 하고 있으면 어머니나 저나 서로 힐링이 됩니다.

현재 상태에서 어머니에게 가장 필요한 것은,

✖ 쌀알보다 약간 작고, 좁쌀보다는 조금 큰 약!
✖ 자식들의 안부 전화!
✖ 그리고 주말 면회!

2017년 6월 11일 일요일

요양원 생활에 거의 적응되셨을 거라고 확신이 되던 어느 날, 간호 사님이 전화하셨지요.
어머니를 잘 모셔야 되는데 너무 미안하게 되었답니다.
이런저런 이유때문에 70여 일 정도 어르신들을 이사시켜야되니 이해를 해달라더군요.
이유야 어떻든 최대한 협조하겠노라고 했죠.

다음날쯤 어머니한테 전화 드리는데,
약간은 상기되고 결연한 듯한 목소리로 "아가, 이제는 너희들과 함께 살날이 얼마 남지 않았구나!"라고 하셔요.
죽음을 예감하시는 것 같아 순간 섬뜩해졌습니다.
무거운 마음으로 상황을 여쭙기 시작했습니다.
그런데 사실은,

"옆방에 세상 돌아가는 일을 훤히 꿰뚫고 있는 할머니가 나만 알고 있으라며 살짝 귀띔을 해줘야. 이제 요양원이 안 헌닥헌다. 이런 세상이 올 줄 누가 알았겄냐? 이제 나주에 갈 수가 있겠다. 나중에 이야기 하마. 누가 온다. 끊자"
고 하셨습니다.

그랬음에도 불구하고 자식들의 궁상스런 설득에 어머니가 수긍하고
또 다른 곳으로 옮기셨지요.
며칠이 지난 오늘 어머니를 나름 즐겁게 해드렸다고 생각하며 헤어
지려는데, 어머니가 작은 어머니한테 "자네는 좋겠네, 갈데가 있어
서…"라고 하시네요.
작은 어머니는 "풀밭 안메도 되니 형님이 더 좋으시겠소"라고 하시
네요.
차도 많이 막혀 몇 시간째 운전을 하고 오면서 이런 저런 생각을 해
보았습니다.

결혼생활 앞뒤를 돌아보니 즐겁고도 가슴 설레는 날이 참 많았습
니다.
특히 결혼 전에 데이트하던 때가 가장 그랬던 것 같네요.
제가 예비 신부를 한 번씩 만나고 집에 돌아올 때면 어머니는 항상
기도를 드리셨지요.
그리고는 제 눈치를 살펴 이것 묻고 저것 물으시면서 만혼(晩婚)을
앞둔 막내 아들의 혼사에 어머니가 더 마음을 졸여야 했고 또 설레
어하시던 기억이 몹시 새롭습니다.

할 수만 있다면 결혼 전 상태의 그때로 다시 한 번 돌아가고 싶어요.

세월이 한참 흘러 몸은 많이도 변했지만 마음은 얼마든지 그 상태 그대로일 것 같습니다.

언제일지는 모르겠지만 어머니와 나주 집으로 돌아가려 합니다.

그래서 아직은 어머니가 좀 더 누리셔야할 소중한 시간들을 함께 하고 싶습니다.

또한 그 시간 속에서 (지금은 제 처가 된) 연인을 그리워했었던 지난 날들의 달콤한 기억 속에 다시 한 번 빠져들고 싶습니다.

결혼 전이라 아름다운 연인의 모든 것을 다 얻을 수는 없었지요.

그래서 더 간절했었고, 애틋했었고, 심장은 더 쿵쾅거렸었지요.

그 아름다웠던 설렘과 함께 무수히 많았던 그 후의 잔잔한 추억도 되새김질 해보고 싶습니다.

집으로 돌아가 있는 그 기간을 굳이 표현하자면 휴혼(休婚, 또는 건혼)이라고 하면 될 것 같습니다.

젖이 더 잘 나오라고 분만 2개월 전부터 쉬는 젖소의 건유(乾乳)처럼….

2017년 6월 17일 토요일

어머니를 모시고 목포 시내로 드라이브 나왔습니다.

열 살 무렵 어머니를 따라 과일 경매장에 갔었던 기억이 떠올라 그 곳에 가보자고 하니 그러시자며 엄지척을 하시네요.

"그 북새통 속에서 뭉칫돈을 잃어버렸었지. 지금도 생각나야.
거 참…" 하시네요.

243

200관(750킬로그램) 가량의 과일을 출하했던 것 같은데 돈이 없어지자 안절부절 못하시는 어머니의 모습에 지금도 씁쓸해집니다.

"그때 얼마나 속이 쓰리고 허탈하셨어요?" 라고 여쭈니,

"그렇긴 하드라만 오히려 잘 됐드라…… 왜냐?" 라고 하시면서 이런 저런 말씀을 하셔요.

돈은 잃어버리셨지만 그 때문에 좋은 계기가 있었답니다.

그 무렵 우리가 두 번 망했다고 인근에 소문이 퍼져서 아버지가 몹시 움츠려들으셨대요.

"인근 도 · 소매꾼들이 우리 집으로 과일을 받으러 오면 느그 아부지가 창피스러운지 으슥한 곳에 숨어부러야! 내 눈에도 숨었으면 좋겠드라만…. 숨는 것을 나는 여러 번 봐부렀다. 그 모습에 나도 주저 앉어 불고 싶드라. 느그 아부지가 짱짱허게 버티고 있어야 될 것 아니겠냐? 돈 잃어 불고 옹께 몸 안 다치고 온 것이 천만다행이락 험서 나를 위로해야. 그 후부터 느그 아부지가 바뀌기 시작헌 것 같드라"고 하시네요.

아버지에 대한 소회를 한동안 푸시면서도 팔꿈치와 목 뒤의 피부가 가려운지 간간이 긁으십니다.

어머니께 연세가 드시면 피부도 변하니까 가려워지게 된다고 말씀드렸습니다.

그리고 뇌도 피부와 똑같이 가려워지고, 무릎이나 간이나 콩팥처럼 아프게 된다고 말씀드렸습니다.

"뇌가 가렵거나 아프면 '치매'가 된다는데 이제는 사람들이 100살까지 살게 되므로 많은 사람들이 치매에 걸립니다. 그러니 다른 사람들이 그렇더라도 불쌍하게 생각하거나 혹시 누가 어머니한테 치매라고 말하더라도 기분 나빠하지 마시라"고 했습니다.

어머니가 당신은 절대 그런 일이 없을 것이라고 하시네요.

왜냐하면 당신은 외할아버지를 닮아 강단이 있기 때문이며 성경을 끊임없이 읽으면서 머리를 단련시키기 때문이래요.

그러면서 유달산이 산수화 병풍보다도 더 멋지다고 하시네요.

트셔서 더 강인해졌고,

트셨어도 여전히 뇌가 사랑스러운 우리 어머니!

끝.

에
필
로
그

어머니께서는 당신의 이야기보다도 손주들 육아일기를 더 좋아하십니다. 원고
뭉치 속 손주들의 이야기를 많은 페이지에도 불구하고 즐겁게 읽으셨습니다. 하
지만 여기서는 지면이 넉넉지 않아 일부만 발췌해 봅니다.

'광주리 속의 여인'

사진을 찍어야 하는데 명진이 * 가 잠이 들어버려 몹시 애를 먹었다.

아무리 깨우려 해도 일어나질 않는다.

다음으로 날짜를 미루려 포기해 버렸는데 백년이 지났다고 생각했을까?

살짝 눈을 뜨는 모습이 너무나 눈부시다.

광주리 안에 넣어주니 몹시 좋아라고 한다.

백일이 백 번째 되던 해,

늠름한 왕자가 우리 공주 맞으러 오는 날,

그때는 정성스레 꽃 치장해 놓아야지….

* 명진이: 할머니가 아끼는 손녀 나명진. 갓난아이였던 명진이가 지금은 어엿한 20대 여성으로 성
장해 미대에 다닌다. 할머니의 이야기가 들어있고 할머니가 보실 책이라 생각해 이 책 속에 닭
과 고양이 등 삽화 몇 점을 그려넣었다.

잠든 아이
1998.9.16.

정오 무렵에야 고단한 잠에서 깨어났다.

샤워하는 중에 거실에서 간간히 명진이 웃음소리가 들렸다.

얼른 끝내고 나가서 안아 줘야지 하고 서두르는데 이상하게도 문지를수록

때가 많이 나와서 시간이 좀 걸렸다.

끝내고 나와 보니 명진이는 곤히 잠들어 있었다.

안아보고 싶었는데 그럴 수가 없어 잠들어 있는 명진이의 모습을 한동안

들여다보고 있었다.

이게 내 딸이라 생각하니 몹시도 행복하였다.

지난 가끔씩 명진이의 모습이 시리도록 예쁘다 싶을 때,

나는 얼른 카메라를 찾아 들어 셔터를 눌러대곤 했었다.

며칠 후 사진을 찾아서 들여다보면 뭔가를 잃은 것 같은 허전함을 느낀다.

내 머릿속에 여전히 남겨져 있는 명진이의 잔영(殘影)은 사진과 연결되지

않고 있기 때문이다.

많은 시행착오 때문에 오늘은 잠들어 있는 명진이만 계속 쳐다보고 있으리

라 다짐 하였다.

누가 우리 명진이를 이렇게도 잘 빚어 놓았을까?

무엇을 재료로 썼기에 이렇게도 고운 질감의 것이 존재할 수 있을까? 고운

살색의 피부가 창가에 스며든 햇살에 물들어 속이 보일 듯하다. 가볍게 눈

을 내리 덮고 있는 얇은 눈꺼풀 속으로 퍼져 흐르는 파란색의 정맥선이 건강한 생명체임을 실감케 해준다.

그리고도 우리 딸임을 생생히 느끼게끔 하여 줌으로 내 마음의 파장은 나를 더욱더 울렁거리게 만든다.

잘 빚어진 외형의 부드러운 선은 어디선가 이름 모를 악기의 적절한 표현을 연상시키며 나를 나른한 평화 속으로 몰아넣는다.

첫돌 사진
1998.11.4.

애들이 첫돌이 될 때,

다리가 부숴지게 한상 차려놓는다.

그리고 그 위에다 실이나 연필, 또 뭐랄까? 어떤 상징성 있는 물건을 올려

놓는다.

그리고 어떤 것을 집어 드는지 사람들은 흥미롭게 쳐다본다.

명진이는 욕심이 많은 사람인 것 같다.

실도 들어보고 연필도 들어보고 칼도 들어보았다.

실은 오래 사는 것이라고 한다.

연필은 공부와 연관이 있는 것이라고 한다.

칼은 뭔지 모르겠지만 아마도 '냉정'과 연관이 있을 것 같다.

명진이가 들어본 것 중에서 세 번째가 가장 마음에 든다.

장관은 여러 가지 필수 덕목 중에서도 냉정이 첫 번째인 것 같고 아빠가 가

장 부족한 부분이기 때문이다.

단순히 떡 자를 때만 쓰는 것이 아니다.

이름 지어주신 분이, 이런 이름은 장관 될 이름이라 하여 그런 생각이 곁들

여 진다.

보건복지부장관되면 좋겠다.

숨바꼭질
1999.4.12.

저녁밥을 먹고 나서 명진이하고 숨바꼭질을 하고 놀았다.

항상 아빠가 숨고 명진이가 찾는다.

아직은 아빠가 꼭꼭 숨지를 못한다.

그러면 명진이가 못 찾기 때문이다.

항상 이방 저방의 문 뒤로 숨어야 한다.

그것도 불을 환하게 밝혀놓고 몸 일부를 드러내 놓은 채….

언젠가 불이 꺼진 방에서 제법 어렵게 숨어 보았다.

명진이는 항상 정해진 곳, 즉 문 뒤만 살펴보다가 아빠가 없자 허둥대면서

무서웠는지 갑자기 크게 울음을 터뜨렸다.

그래서 숨바꼭질은 끝나고 말았다.

그 후 계속 찾기 쉬운 문 뒤에만 숨어 왔다.

세상에 둘도 없이 쉬운 숨바꼭질인데도 아빠를 찾아내면 그리도 재미있나

보다. 찾을 때마다 대단한 것이나 찾아낸 듯 까르르 웃는다.

오늘은 명진이한테 숨으라고 하고 아빠가 찾는 사람이 되었다.

명진이가 처음에는 숨는 방법을 몰랐다.

얼른 도망가서 숨으라고 가르쳐 주니까 그러는 듯 보였다.

하지만 방 안으로 들어갈 땐 주춤거리며 아빠한테 도로 와버린다.

무서운 듯 눈을 뚱그렇게 뜬 채로….

너무나도 귀여워 안아주고 싶었으나 얼른 숨으라고 몇 번이나 손짓을 하였다. 아빠가 항상 숨어왔던 곳, 문 뒤로 숨는 것을 보았다.

조금 후 가까이 가서 못 찾는 것처럼 "어디 있니? 못 찾겠네!"라고 막 말하려는데 까르르 웃으면서 툭 튀어 나온다.

아직 모르는 듯싶어 튀어 나오면 안 되고 아빠가 찾을 때까지 숨어있으라고 몇 번이나 알려 주어도 번번이 웃으면서 나와 버린다.

모두들 웃어 버렸다.

앞으로 시간이 많이 지나더라도 숨바꼭질이 재미있을 것 같다. 우리 집은 제법 넓고 조금은 복잡하게 생겨 숨을 곳이 많기 때문이다.

집안도 그렇고 바깥도 그렇고.

하지만 언제까지나 지금 이 순간이고 싶다.

우리 명진이가 아직은 '저를 숨기는 것도 모르는'

지금 이 순간.

사무실에다 내용을 말하고 나서, 집 근처에 다다르니 집에 계신 할머니(장모)께서 전화를 하셨다.

엄마가 아이(2.6kg)를 이미 낳아버렸다는 것이다.

그리고 득남을 축하한다고 하신다.

기뻤다. 한편으로는 산모에게 미안한 마음도 들었다.

명진이를 낳았을 때는 대기해있는 상태였었는데….

대문을 열고 들어서니 명진이는 아무것도 모른 채 아기 곰 인형을 들고 있는 채로 할아버지 품에 안겨서 재롱을 부리고 있다.

그 모습이 너무도 천진스럽다.

집 주위 사람들이 출산소식을 듣고 명진이에게 축하를 보낸다.

명진이는 능청스럽게도 그 축하를 모두 받고 있다.

사람들이 명진이한테 왜 축하를 보내는 걸까?

명진아, 이상치 않니?

명진이가 동생이 생기고 누나가 되었다는 사실을 알 수 있을까?

나는 그것이 몹시도 궁금하다.

명진이가 사람들로부터 축하와 칭찬을 받고 있는 지금의 저 여유 있어 보이는 모습은 실은 나의 모습일까?

명진이를 받아 안아 정원을 이리저리 거닐었다.

날씨는 따뜻하고 몹시도 화창하다.

얼마 전에 심어놓은 잔디는 제법 뿌리를 내렸는지 파란색의 생기를 띠고 있다. 창문 아래 심어져 있는 두 그루의 주목은 진녹색의 몸통위에 연초록의 새순이 제법 뻗어 올라 유난히도 깨끗해 보인다. 명진아, 이제 널 내려놓고 엄마와 동생 보러 출발해야 돼.

할아버지(장인)한테 명진이를 건네주었다.

짜아식 오늘따라 유난히도 소중해 보이는 이유는 또 무얼까?

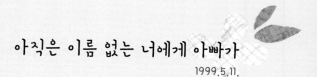

아직은 이름 없는 너에게 아빠가

1999.5.11.

우리 녀석 * 에게

1999.5.11. 15시 05분에 네가 태어났다.

네 엄마가 진통이 있은 후 얼마 안 있어 너를 낳으셨기 때문에 아빠는 막

태어난 너를 볼 수가 없었다.

좀 있어 도착하니까 너는 신생아실로 옮겨져 있었다.

울음을 터트리는 너의 모습과 소리에 너무 당황하여

"그래, 알았어, 알았어"를 되뇌이며 얼른 나와 버렸다.

왜 그렇게도 우악스럽게 울어댔니? 세상에 대한 너의 일성(一聲)이었으리

라 생각한다. 그래서 지금 세상은 너를 받아들이고 있다.

모래알처럼 수많은 사람 중에 한 사람인 너를.

하지만 세상을 향한 너의 목소리는 커다란 파장으로 남아서 의미 있기를

진정으로 바란다.

저녁 식사 후 다른 때와는 달리 소파에 앉아있지 않았다. 그러기에는 너무

설레는 밤이었기 때문이다. 조용히 대문을 열고 나와 골목길을 걸어 보았

다. 네 엄마의 편안한 얼굴이 떠오른다. 양어깨가 가벼워지는 느낌이다.

심호흡을 해보았다. 너를 잘 키울 거라고 다짐하면서….

* 우리 녀석: 우리 부부의 든든한 아들 나용준. 할머니의 손자이자 나명진의 남동생이다. 세상에
  태어나던 날, 우악스럽게 울어대던 모습이 아직도 눈에 선하다.

257

애들 때문에 주름살이 펴진다고 하던데

2000. 2. * 날짜 미상

얼마 전까지만 해도 퇴근해서 들어오기만 하면

두 녀석이 아빠한테 매달리는 바람에 몹시도 피곤하였다.

한번 매달리기 시작하면 끝날 줄을 모른다.

아주 번갈아 가면서….

참 지독한 녀석들이다.

아빠가 쇠로 만들어진 사람인 줄로 아나보다.

할머니(장모)께서는 그렇게 길들여 놓아서 자승자박이라고 하시면서,

다른 아빠들처럼 좀 가르치기도 해야지 맨날 똑같이 놀기만 하면

어쩔 거냐고 하시면서 반 걱정하신다.

사실 아빠도 좀 느끼기도 한다.

하지만 그나마 며칠 만에 한번 정도 그런 기회가 오는데

같이 놀아야지 대책도 없다.

아빠가 언제부턴가 꾀를 내었다.

명진이를 좀 추켜세워 용준이와 차별이 되도록 해보았다.

그러자 조금은 편해질 수 있었다.

명진이가 가끔씩 "용준이는 아가니까 저런 거죠?"라고 하면서 자기와 차별

을 둔다. 어제는 좀 늦게 퇴근해서 집에 들어오니까 명진이가 몹시도 아빠

를 반겨준다.

아빠가 옷을 갈아입으려고 방에 들어가니까,

거기까지 따라오면서 "아빠, 말 무등 한번만 태워주세요"라고 하면서 애교를 부린다. 다 큰 사람이 어떻게 말 무등을 타느냐고 하면서 안 된다고 하였다.

그리고 너 태워주는 것 보면 용준이가 달려 올 거라고 했다. 그러니까 명진이는 용준이한테 말 무등 안 탔다고 할 거고,

여기 방에서만 잠깐만 타겠다고 했다.

철저히 약속을 하자 3분 정도 말 무등을 태워주었다.

흐뭇한 표정으로 "아빠, 용준이한테 말 무등 탔다고 안할께요"라고 하면서 거실로 뛰어 가더니만,

"용준아, 누나 고무줄 탔다"라고 하면서 자랑한다.

용준이가 무슨 뜻인지 몰라 눈만 멀뚱거린다.

"누나는 아빠 말 무등 안탔어. 고무줄 탔어"라고 몇 번을 반복해 댄다.

아빠가 명진이를 불러서 조용히 하라고 손가락을 입에 대었다.

저도 알았다고 손가락을 입에 댄다.

애들 때문에 주름살이 펴진다고 하던데,

그때가 이런 때일 것 같다.

달님은 내 말 잘 들었는데…

2001.6.28.

퇴근하자 줄달음질 쳐서 집에 왔다.

하지가 지난 지 며칠밖에 되질 않아서인지

저녁을 먹고도 아직은 날이 어둡지 않았다.

명진이, 용준이, 엄마, 아빠가 정원에 나왔다.

나오자마자 용준이가 또 시작이다.

저기 비행기 가는 소리가 들린다고 아빠한테 높이 들어달라고 한다.

실은 비행기가 없는데도….

높이 들어주고는 보이냐고 하면 저기 보인다고 한다.

명진이는 비행기도 없는데 왜 보이냐고 하면서 자기도 확인해보겠다고 들

어달라고 한다.

"지나간다, 안지나간다, 소리가 들린다, 안 들린다"라고 하면서

서로 우기는 애들 수법에 넘어가 꼼짝없이 반복하여 들어주다 보니

팔목이 약간 시리다.

반달이 희미하게 떠있어 주위를 환기시켜 준다.

가벼운 장마철이라 달 아래 구름이 보일 듯 말 듯 지나다닌다. 명진이가

"달님아, 숨어라"라고 하면,

그 아래 구름이 지나가다가 달을 가려놓는다.

"달님아, 나와라"라고 하면,

구름사이로 달이 나온다.

명진이가 "아빠, 달님이 제 말을 잘 들어요"라고 하면서

의기양양해 한다.

한참을 그러다가 모기 무서우니까 들어가자고 하여 막 들어가려던 참에,

빨간 불빛을 깜박거리며 뭉뚝하게 생긴 군용헬기가 정말로 지나간다.

들어가려는 용준이를 들어올려 "보이니?"라고 하니까

감나무 가지가 가려서인지 용준이는 전혀 모른다.

녀석 있지도 않던 비행기는 잘만 보더니만….

명진이가 저도 들어 달라하며 얼른 달려 나온다.

들어올리니 헬기가 지나 가버리고 없다.

지나가버렸다고 하니까 명진이가 생떼를 쓰고 있다.

"헬리콥터 도로 갖다 놓으라"고….

멀리 도망가 버려서 아빠가 어떻게 해볼 수가 없다고 하니까,

명진이가 "달님은 내 말 잘 들었는데…"하면서 반은 수긍한다.

무등 태워주세요

2002. 5. * 날짜 미상

요즘도 날이면 날마다 무등 태워 달라고 졸라대며 아빠 등위로 오른다. 할

머니께서는 애들을 그렇게 키우면 버릇없어진다고 항상 말씀하신다.

그래서 용준이에게 아빠 무등타면 키가 안 커져서 친구들한테 놀림당한다

라고 이야기 해주었다.

좀 두려워하고 자제하는 듯 했다.

하지만 몇 시간이 못 간다.

"너 키가 안 크면 어쩌려고 그러니?"라고 하니까,

안 커도 좋단다.

그러면서 또 아빠위로 올라온다.

끈덕지게도 올라온다.

애라, 안 크면 어쩌냐!

무등이나 타고 재미있게 놀아보자.

높은데 올라가서 내려다보면 그것도 신나는 일 아니겠니?

이 세상에서 우리 용준이가 가장 멋져 보인다.

그리고 뭐든지

"전 할 수 있어요. 많이 컸단 말이예요"라며

자신감 넘쳐 보이는 용준이가 흐뭇하다.

용준이가 크면 차 두 대 사줄게요

2002.8.15.

어린이 대공원의 주차장은 굉장히 넓었지만 꽉 차있다.

아빠가 차를 못 찾는 척 하며 난감해 했다.

용준이가 아빠 손을 잡고 끌며 자기가 찾아주겠노라고 한다.

한참을 끌고 다닌다.

아빠가 징징 우는 척하며 당황스러워 했다.

용준이가 아빠를 달랜다.

꼭 찾아주겠노라고 한다.

차 잃어버린다면 사줄 수 있느냐고 물었다.

두 대나 사주겠다고 한다.

그러면서 "아빠가 울면 어떻게 해요!"라고 한다.

"그럼 어떻게 해야 하는 건데?" 라고 물으니까

"그래도 참아야지요"라고 한다.

4살밖에 안 먹은 녀석이….

이럴 때는 다 큰 것 같다.

먼 훗날 우리 용준이에게 기대듯 투정부리는 것도 재미있을 것 같다.

늙는다 하더라고 아빠는 별로 두려울 것 같지 않다.

이쁜 말괄량이 우리 명진이

2002.12.9.

우리 명진이

너의 깨끗한 얼굴, 부드러운 얼굴 선, 하얀 살색, 그리고 상당한 영리함,

낯선 사람들 앞에서는 너무 낯가림이 심하여 약간은 지체(?)가 아닐까 할

정도로 우려스러워지는 아빠의 조바심….

하지만 우리들 앞에서는 너무나도 쾌활하고

어리광이 철철 넘치는 이쁘디 이쁜 말괄량이….

또 체형이 유연해 시원스러워 보이는 몸놀림….

어찌 보면 허약함….

어쩔 때는 용준이를 귀여워해주고 이해해주는 것 같지만 대개는 스트레스

를 더 많이 주는 앙탈스러움….

당직근무를 하고 있는데 이런 것들이 많이 떠오른다.

몹시도 안타까워지는 하루다.

어제 하루 종일 네가 속이 좋지 않고 열이 올라 몸이 불덩이 같았고 저녁에

는 두 번이나 토했다.

아침에 출근하여 집에 전화해 보니 네가 또 토하여 유치원에 안 보냈다고

할머니께서 말씀하신다.

그런 모습이 자꾸만 떠올라 네가 안쓰럽기 그지없었다.

명진아, 우리 이제부터는 건강해 버리자.

운동을 많이 하자.

그리고 앞으로 너를 떠올릴 때면

건강하고 까르르 웃어대고

힘차게 뛰어다니는 모습만 그려지게 하자.

명진아,

어제 있었던 어떤 일을 억지로 떠올려

너의 아픈 모습을 지워버리려고 애썼어.

어떤 일을 생각하고 있었는지 아니?

어제 눈 내렸을 때 우리 모두 정원에 나갔었지?

용준이가 몹시 좋아라고 했었지.

용준이가 갑자기 두 손을 하늘 향해 벌리며

"눈아! 고마워"라고 했었어.

그 말 듣고 네가 뭐라고 한 줄 아니?

좋아서 두 눈이 휘둥그레지며,

"용준아, 누나 고마운 것 다 말해 봐?"라고 했단다.

너 얼굴 너무 두꺼운 것 아니냐?

그렇지?

우리 왕자님!

2002.12.21.

너를 부를 때 두 번 중 한 번은 '우리 왕자님' 이라고 불렀다.

처음에는 몇 번이나 네가 고집스럽게도 부정하였다.

"난 왕자님이 아니예요!"라고 하면서….

그럼 뭐야 하고 물으면 "나용준이예요"라고 대답 한다.

아빠가 너에게 "넌 왕자님이야, 그리고 왕자님은 아주 좋은 거야. 그래서

용준이라고 불러도 되지만 왕자님이라고 해도 되는 거야"라고 말했다.

그 다음부터는 너를 그렇게 불렀을 때, 너는 그것이 너를 부르는 것으로 알

고 대답하였다.

며칠 전이었다.

네가 다니는 유아원에서 재롱잔치가 있어 시간을 내어 가보았다.

누나, 엄마, 아빠 이렇게 세 명이.

정문에서 꽃 파는 아줌마한테 장미 한 송이를 샀다.

무대 위에 너는 세 번 올라갔다.

재미있는 노래에 맞춰 율동을 하는 것이더구나.

지금 넌 네 살,

유아원에서 가장 어린 나이였고 제일 작아 보였다. 율동을 잘 따라하지 못

했으며 하는 둥 마는 둥 별로 전념한 것 같지도 않았다.

그것도 세 번 모두 다.

너무 아가여서 아직 소화해 내지 못하는 걸로 생각했다.

그리고 다시 한 해를 같은 반에서 다니도록 해야겠다고 생각했었다.

며칠 전부터 넌 내년에는 한반 올라간다고 좋아했지만….

나주 할아버지께서 몹시 편찮으셔서 요즘에는 주말마다 시골에 간다.

차로 달리는 시간이 대여섯 시간.

넌 엄마랑 차 뒤에서 졸리면 자고 또 일어나서는 끊임없이 뭔가를 하고 또 열심히 재잘거린다.

엄마에게 아직도 불만족스러운 표정으로 뭔가를 말하고 있다.

"엄마, 난 왕자여서 왕자 옷을 입기로 했는데 선생님이 나중에 다섯 살 먹은 형아에게 그 옷을 입혀 버렸어요. 그리고 저한테는 요정 옷을 입혀주었어요. 화가 나서 집에 와 버리려고 했는데 길을 몰라서 그냥 재롱잔치 했어요"라고 한다. (나중에 알고 보니 그 아이 엄마의 부탁으로 역할이 바뀌었다고 함)

아빠가 몇 시간째 운전을 하고 있었다.

하지만 별로 지루하진 않은 것 같았다.

지루함을 달래주는 요소들이 종종 있었기 때문이었다.

아빠는 지금도 며칠이 지났지만 막연하다.

우리 왕자님이 잘한 건지, 못한 건지….

잘했다면 어떻게 칭찬해 주어야하고,

못했다면 어떻게 설명해 주어야 하는 건지….

"아빠는 내 놀이기구야!"

2003.3.14.

3일 전 일요일에 명진이 책상일체를 사주려고

백화점이랑 가구점 몇 곳을 들렀다.

그중 아주 마음에 든 것이 있어서 명진이한테 물어보니 저도 좋아라 하여

주문하였더니 오늘 운반해 주었다.

퇴근해 보니 책상은 이미 제 자리를 잡아 정리되어 있었다.

명진이가 아주 마음에 들어 하니 덩달아 흐뭇해졌다.

그리고는 어리긴 하지만 책상 앞에 앉아서 무언가를 하고 있을

우리 명진이를 상상하고 있노라니 나도 모르게 입가에 웃음이 일었다.

저녁을 다 먹고 일어서니 명진이가 그 방에서 부르는 소리가 난다.

왜 부르는가 싶어 들어갔는데 아무 인기척이 없다.

어디 숨었겠지 하고 두리번거리는데 정말로 없다.

이상하게 생각하고 몇 번이나 불렀는데도 사람이 없다.

아빠가 약간은 당황스러워 하는 걸 알았는지 명진이가 웃으면서 책상 아래쪽

컴퓨터 본체가 들어 갈 공간에서 문을 열고 몸을 쭈욱 펴며 나온다.

어이가 없어 "녀석아, 여기서 책 읽으라고 사준 거지, 그런 곳에 숨으라고

사준거니?" 하고 퉁명스럽게 말하니까

"네, 맞아요. 여기에 숨으라고 사주셨어요"라고 하면서 까르르 웃는다.

아빠가 요 녀석 봐라 하면서 손바닥으로 엉덩이를 때려 주니까

녀석이 장난을 시작한다.

아빠 무릎을 밟고 등 뒤로 올라가서 무등을 타려고 한다.

그러면서 하는 말이

"아빠는 내 놀이기구야, 놀이기구!"라고 한다.

한참을 함께 놀았다.

우리 녀석에게 책상을 너무 일찍 사준 것 같다.

잠자리에서 곤히 잠들어있는 명진이 볼에 뽀뽀를 해주었다.

먼 훗날 우리 명진이가 많이 커서도

저의 마음속에 아빠가 놀이기구로 남아 있으면 좋겠다는 생각을 해본다.

용준이가 아빠를 사랑하나봐요!

2003.9.7.

추석을 이삼 일 앞둔 일요일 아침이다.

하여튼 8월부터 시작하여 9월 초순인 현재까지

삼일에 반 정도는 비가 내린다.

새벽에 비몽사몽 눈을 떴을 때 감나무 잎 사이로 계속 빗방울이 떨어지는

소리를 듣고는 마음이 심란하였다.

몸도 몹시 찌뿌듯하다.

늦은 아침을 먹고 집 전체를 청소하고 백화점을 가려고 했다.

큰이모가 오셔서 어딘가에 중요한 전화를 하시는 것 같다.

그 틈에도 용준이는 제 누나하고 엄청 소란을 피우며 거칠게 놀고 있다.

늘상 써먹던 수법대로 "용준이 너, 시끄럽게 하면 안 데리고 갈 거야"라고

하면서 좀 밀치니까 약간은 토라진 표정으로

"아빠는 나를 안 사랑해!"라고 한다.

아빠가 심하게 부정하면서 안 그런다고 했다.

그러자 잠시 후 용준이가 또 시작한다.

거칠게 노는 것을 보면 정말 불안하다.

어딘가 또 심하게 다쳐버릴 것 같기 때문이다.

또 꾸지람을 했다.

용준이가 "아빠는 정말 자기를 안 사랑한다!"고 단정 짓고는 토라지듯 한

다. 좀 다독거려줘야 되나 싶어 "아빠가 널 사랑하는지 안 사랑하는지 확인

해 보자"고 하면서 가까이 와보라고 했다.

그러면서 누나한테 "아빠가 용준이를 꼭 껴안을 때 서로의 표정을 확인해 달라"고 부탁했다.

찡그리고 있으면 안 사랑하는 것이고 웃고 있으면 사랑하는 것이라고 설명해 주었다.

그러면서 용준이를 꼭 껴안았다.

누나가 "아빠, 용준이가 웃고 있어요. 용준이가 아빠를 사랑하나 봐요"라고 한다.

"그럼 아빠는?"하니까,

"아빠도 웃고 있는걸요"라고 한다.

그 말이 끝나자마자 용준이가 "그럼 아빠가 날 사랑하고 있네!"라고 한다.

한참 후 용준이가 사랑스러워서 또 한 번 안아 주었다.

그러자 용준이가 "이잉~" 하면서 찡그린 표정을 만든다.

그러면서 자기 얼굴을 보라고 한다.

입술은 익살스럽게 찌그러져 있지만 눈은 몹시도 웃고 있었다.

며칠 전부터 뉴스에서는 엄청 궂은 날의 한가위가 될 거라고 야단들이다.

많은 양의 비가 쏟아질 거라고 한다.

그런데 이상하게도 짜증스러워지지가 않는다.

히히힝, 아빠는 말!

2005.2.25.

용준이하고 레슬링 하는 게 점점 재미있어진다.

실제 하는 순간도 재미있지만 출근이나 퇴근하면서 차안에서 그 광경을 떠올려 보면 더 재미있어진다.

그리고 또 '길지만은 않을 이 시간을 조금이라도 더 탐해보아야지'하는 조바심도 든다.

한없는 애정이 어디엔가 숨어 있다가 튀어 나오곤 한다.

우리는 잠자기 전에 두꺼운 요와 이부자리를 방바닥에 깔아놓고 결투를 시작한다.

처음에는 잠깐 탐색전을 벌인다.

서로 자기 특유의 폼을 잡고 몸을 놀린다.

부자지간이라 하더라도 눈빛은 아주 사나운 것 같다.

그래서 더 실감이 나는 지도 모르겠다.

나는 용준이에게 "쬐끄만 녀석이 감히 아빠한테 도전하다니 대가를 치러주겠다"라고 하면,

용준이는 TV같은데서 비슷한 장면을 많이 보았는지 그럴듯한 말들을 많이 쏟아낸다.

내가 용준이의 발목을 잡으려고 고개 숙이고 쳐들어가면 저는 재빠르게 아빠 뒤로 돌아와서 엉덩이와 등 쪽을 공격한다.

내가 저를 들어서 발을 걸어 눕히고 몸을 덮치려 하면 어느새 발을 내 가슴

에다 대고 밀어 젖힌다.

한참 지나면 용준이의 등에는 땀이 배어있다.

나는 거의 변화가 없다.

승부는 용준이가 이긴 걸로 끝나는 경우가 대부분이다.

승리를 용준이는 엄청 표현 한다.

아빠 나이 올해 45, 용준이 7, 몇 년 정도가 더 걸릴까?

지금은 장난처럼 힘 안 쓰면서 용준이와 대결하지만 언젠가는 비슷해지고

또 더 지나면 반대가 되겠지!

힘의 역전(逆轉)을 소중하게 느껴보자.

그러면서 이것도 추억이라면 용준이가 소중히 느낄 수 있도록 시간이 되는

데로 멍석을 깔아보자.

우리의 밤은 참 행복한 것 같다.

결투가 끝나면 용준이는 가벼운 샤워를 하고 말[馬]을 채비시켜 놓는다.

물론 아빠 말[馬]이다.

할머니, 할아버지한테 취침인사 드리러 가기 위해서다.

용준이가 출발신호로 힘차게 발질을 한다.

아빠는 아이쿠 대신에 히히힝 하면서 어느새 고삐 풀린 망아지가 되어 엉

덩이를 씰룩거리고 오두방정을 떨면서 앞으로 달려 나간다.

당신에게…

2006.9.10.

당신에게…

장기간 미국 출장에 지치지는 않은지?

명진이가 학교에서 돌아올 시간이 훨씬 넘었는데도 안 오기에 걱정이 돼서 학교에 갔어.

교실로 전화해보니까 아직 안 끝났나봐.

학교 앞에 서있으니까 문방구 아주머니가 인사를 해.

옆에 거의 내 키만 한 아이가 서 있어.

아들처럼 보여서 물어보니까 머리를 쓰다듬으면서 중2 라고 하네.

'우리 아들도 언제 저렇게 클 수 있을까?'

혼잣말을 하고 있는데,

아줌마가 성장호르몬제나 한약을 먹이라고 하네.

그러면서 옛날에는 부모가 작으면 애들도 작았는데 요즘에는

약이 좋으니까 애들 안 크는 것은 부모들 책임이라고 강조를 하네.

아들도 먹였냐고 물으니까,

자기네는 가난하기도 하고 자기가 커서 먹일 필요가 없다는 거야.

세상이 참 공평하다는 생각을 해.

오후에는 명진이 친구 생일 파티 하는데 초대받았던 친구들이 많이 바빠서 지윤이하고

명진이 둘 만 가는가 봐.

명진이가 용준이한테 같이 가자고 하니까 흥미가 없는지 안 가겠대.

내가 그게 좋을 것 같아서 꼬드겨 봤는데도 안 되네.

컴퓨터 게임이 누나 보디가드 하는 것보다 재미가 있나봐.

속셈이 뻔한 것 아는데도 가기 싫은 이유가 피곤해서라며 쉬고 싶다고 말하네.

잠시 후, 예쁜 누나 따라가서 좀 챙겨줄 수 없느냐고 다시 물어보니, 자기가 분명히 말

했는데도 왜 귀찮게 하느냐고 하네.

못 들었다고 하니까,

용준이가 하는 말!

"시력이 약하군!"이라고 하네.

시력은 보는 것을 뜻한다고 하니까,

"그럼 귀력!"이라고 해서,

옆에 있던 누나가 "틀렸네!" 하니까,

"그럼 괴력!, 괴력 맞지?"라고 하면서 우쭐해 하네.

"들을 청, 청력!"이라고 가르쳐 주니,

"들을 청?, 처음 듣는 말인데!"라고 하네.

다음 날 아침,

내 그릇에 밥을 많이 담아 셋이 먹었어.

우리 식구들 먹는 양이 정말 한심해. 애들도 우리를 꼭 닮았나봐.

용준이가 먹는 게 영 시원찮고 깐깐하기에 또 응원 좀 해주었어.

"우리 용준이가 요즘 많이 크려고 그러는지 밥을 잘 먹는 것 같네!"라고 하니까,

그 말이 끝나자마자 용준이가 "나도 그런 느낌이 들어! 무릎이 간질간질하고…"

라고 하면서 밥을 좀 더 많이 떠 달라네.

서너 번 그렇게 하다 보니 나도 욕심이 나서 점점 숟가락의 밥 양이 많아졌어. 옹골지

기도 해서 용준이가 치워주라는 걸 무시하고 소고기를 고추장에 볶은 것 외에도 딱딱

한 멸치볶음 몇 마리하고 김치를 더 올려 쓱 넣어주니 목구멍까지 숟가락이 들어 가버

렸나 봐. "윽~" 하더니만 먹었던 것 모두 토해버리네.

왜 또 내가 먹이고 있을까! 1학년이나 된 녀석을……

아빠가 너무 욕심내서 그렇게 되었다며 미안하다고 하니까,

용준이가 "아빠 토끼 두 마리 한꺼번에 쫓지 말라고! 무슨 뜻인줄 알아? 욕심내지 말

라는 뜻이거든!" 하면서 아빠한테 훈계하네.

퇴근해서 보일러를 작동시켜 보려고 해.

다음에 봐!

남편이…

276

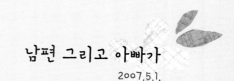

남편 그리고 아빠가
2007.5.1.

마누라가 아이들 데리고 미국에 가서 공부하고 온다며 20년 다니던 직장
을 쉽게 그만 두었다.

그런데 생각지도 못했던 비자 신청이 거절당하여 아무것도 할 수 없는 상
황이 되어버렸다.

우리나라의 미국 비자 거절률이 2% 정도라 설마 했는데 운이 참 없었다.

미대사관, 외교부, 국방부 등 인적 네트워크를 모두 가동해 보았으나 이미
한 번 거절당하면 방법이 없는 것임을 알았다. 하지만 이대로 주저앉을 수
가 없는 것이라서 마지막으로 편지라도 보내 하소연 해보기로 하였다.

내가 편지를 쓰고, 영어를 잘 하는 우리 직원이 바로 영작해 주었다. 우여
곡절 끝에 결국은 비자를 얻었지만 3개월 정도 식욕이 없어질 정도로 스트
레스를 받았다.

한 번도 아니고 두 번이나 읍소를 해야 했는데, 내 평생 전무후무할 일인
것이다.

대사관 영사에게 쓴 그 편지를 지금 읽어봐도 화끈거린다.

다시 그때로 돌아간다면 아이들을 일부러는 미국에 보내지 않겠다. 3년 3
개월 정도 미국에 있는 동안 영어는 어느 정도 원하던 바를 이뤘다.

그러나 오가며 적응해야 하는 그 시간 동안 대가(代價)도 분명히 치러야
했다.

외교관이나 외국 주재 상사원 자녀들에게 특례입학 제도가 왜 생겼는지 이

유를 알 것 같다.

부모 직장 때문에 아이들이 원치 않게 고생했다는 이유일 것이다.

우리 아이들은 제 발로 간 것이니 맨발로 뛰어 큰애는 나름 원하는 분야를 택해서 대학을 가까스로 갔고, 둘째는 고3인데 아직까지 진땀을 흘리고 있다.

당신하고, 용준이에게

당신이 미국에 간 지 8개월째, 아이들은 7개월째 되는 것 같네요. 얼마나 되어야 아이들이 언어소통을 할 수 있을라나 궁금했었는데 상당히 빠르다는 생각이 듭니다.

얼마 전 화상전화 했을 때 용준이가 클라리스와 미셸한테 굉장히 강한 톤으로 자기 어필 하고 있던데 내용은 잘 모르겠지만 빠르고 거침없는 것으로 느껴졌습니다.

대단히 빨리 적응하고 있는 것 같습니다.

대학 이상의 과정을 공부하고 있는 엄마보다도 더 빨리….

언어도 언어지만 무엇보다도 성격상의 적응, 교육환경에의 적응이 가장 마음에 듭니다.

당신이 참 장해 보입니다.

용준아

오늘 아침에 네 엄마가 몹시 속상해 하신다.

누나의 말을 듣고 부터다.

어제 옆 반 어떤 학생이 너의 머리를 밀어서 네 머리가 옆의 벽에 부딪혀 이마에 상처자

국이 났다는구나.

왜 너는 집에 와서 말하지 않았니?

가까이서 너를 보고 있는 엄마의 심정이 오죽하랴 싶구나.

너의 담임 선생님께서 그 반 학생에게 가서 주의를 주셨다고 한다.

하지만 엄마는 더 바람직한 조치가 이루어졌으면 하고

선생님한테 말씀하시겠다는구나.

아빠는 너를 인터넷 화상으로 보기 때문에 상처부위를 정확하게 볼 수가 없구나.

아파해 하고 있었을 너를 상상하고 있을 뿐이다.

우리 귀한 아들이 얼마나 속이 상하고 아팠을꼬.

그런데 용준아!

엄마랑 아빠랑 할머니랑 너의 다친 것에 대해서 이야기를 많이 하고 있는데 너는 그렇게

커다란 반응을 보이고 있는 것 같지 않더구나. 대개의 아이들은 집에서 부모들이 그런

관심을 보이게 될 경우 거기에 몰입하게 되던데 말이야.

예를 들면 맞장구를 쳐서 부모가 그 상황을 더 자세히 그려볼 수 있도록 해준다든지,

아니면 또 한 번 속이 상해서 감정이 심하게 흔들리게 되든지 말이야.

그래서 조용한 너를 보고 아빠는 이런 생각을 하게 되었다.

이제 너희들이 겨우 9살,

그 친구가 좀 심한 개구쟁이었겠지?

이마가 벽에 부딪힌 흔적이 얼마나 있는지는 모르겠지만 어제 그런 정도의 일은 부모들이 나서서 어떻게 할 상황은 아닌 것 같다.

그리고 웬만한 일 아니면 부모들이 사실 나설 것도 없다.

왜냐하면 모두가 네가 느끼고 해결하고 대처해야할 것들이기 때문이다.

친구가 실수해서 그랬다면 용서해 주어야한다.

친구가 일부러 그랬다고 판단되면 반응을 보여야한다.

반응을 보일 때 네가 힘이 부족하다고 생각되면 타이르든지 사정하든지 해라. 그렇게 하는 것도 용기가 있어야하는 것이다.

그렇게 할 용기가 없거나 선뜻 내키지 않는다면 가슴 속에 새겨두어라. 남자가 힘이 없어 속상한 경우를 경험하고,

그것을 새겨두는 것도 약이 된다.

몸을 단련시켜 자기 방어 내지는 자기 강화를 해야할 뚜렷한 이유를 갖게 될 것이기 때문이다.

힘이 있다면 몸으로 부딪쳐라.

어렸을 때는 그런 것도 해볼 만한 것이다.

구개월 동안 좀 크기도 했겠지만 여전히 작을 거지?

용준이에게 너무 어렵고 길게 썼구나.

앨범 속에도 넣어 둘 테니까 좀 더 커서도 보아라.

280